secession

secession

Louis-Karl Picard-Sioui

Stories aus Kitchike

Der große Absturz

Aus dem Französischen (Québec)
von Sonja Finck und Frank Heibert
und mit einem Nachwort aus
der Übersetzerwerkstatt

Louis-Karl
Picard-Sioui

Der große Absturz

Stories aus Kitchike

Nous remercions la SODEC pour son soutien.
Wir bedanken uns bei der SODEC für die Förderung der Übersetzung.

SODEC
Québec

Sonja Finck und Frank Heibert bedanken sich beim Deutschen Übersetzerfonds für die Förderung ihrer Arbeit.

Deutscher Übersetzerfonds

Die Originalausgabe erschien unter dem Titel »Chroniques de Kitchike. La grande débarque. Nouvelles«.

Erste Auflage

Übersetzung: Sonja Finck und Frank Heibert
Lektorat: Alexander Weidel
Korrektorat: Peter Natter
www.secession-verlag.com

Typografische Gestaltung: Julie Heumüller, Berlin
Satz: Marco Stölk, Berlin
Herstellung: Daniel Klotz, Berlin
Druck und buchbinderische Verarbeitung:
Friedrich Pustet, Regensburg
Papier Innenteil: 100g Fly 05
Papier Vor- und Nachsatz: 115g Fly 05
Papier Überzug: 115g Surbalin perleffekt
Gesetzt aus Abril Text von José Scaglione und Veronika Burian, TypeTogether und **IBM Plex Sans** von Mike Abbink, Paul van der Laan und Pieter van Rosmalen, IBM

Printed in Germany
ISBN 978-3-906910-94-9

Inhaltsverzeichnis

9 Prolog
17 Jean-Paul Paul Jean-Pierre
31 Omen
41 Powwow
51 Währenddessen, in der Stadt nebenan
57 »Chez Alphonse Gaz Bar«
79 Der Käfig
91 Zombie
109 Der Mann, der die Sterne zum Tanzen bringt
127 Der große Absturz
165 Epilog(e)

173 Die Kraft der Namen. Nachwort aus der Übersetzerwerkstatt

Jedes Volk lässt Schnee fallen
über die dunklen Flecken seiner Geschichte

Wird es frostig zwischen uns
bedeckt beim Scheiden Schweigen
unsre Lügen

Jean Sioui, *Die Zukunft sieht rot*

Das Lied von Kitchike

Ein Traumfänger am Rückspiegel, der schadet nicht,
wenn du in deiner Karre pennst, hackedicht,
und die Sterne zählst bis zum Morgenlicht.
Wer pleite ist, fällt hier nicht ins Gewicht,
nicht mal in die Tanke lässt man dich.
Egal, denn unser Chef ist Onkel Jack,
hält schützend seine Hand auch über dich:
»Zieh Federn an und Fransen, das ist Pflicht,
qualm den Minister ein, blas ihm Rauch ins Gesicht,
ein Schrittchen nach rechts, ein Schrittchen nach links,
mach ihm ne Show, dann stimmt der Cashflow,
So schnell, mein Joe, ist für dich noch nicht Schicht.«

Kapitel 1

Prolog

Dong! Ding, dong!

AAAHHHHH. Saint-Gabriel-de-Kitchike weckt mich mit lauten Glockenschlägen. Mein Kopf will explodieren. Halb in der Matratze versackt, in ein feuchtes Bettlaken verheddert, pelziges Gefühl im Mund. Als hätt ich n Aschenbecher ausgeleckt. Zähne zusammenbeißen, krieg ich ein Auge auf? Na ja, halb. Über mir ein Ventilator, ein Bohrer in der Decke. Fuck, ich bin nicht zu Hause. So viel ist schon mal klar. Auge wieder zu, von dem Karussell an der Decke wird mir kotzübel. Pierre Wabush, du Idiot, du solltest wirklich weniger saufen. Das würde dir Matschbirne und Blackout ersparen.

Dong! Ding, dong! Dong!

Mann, wie soll man denn da wieder einpennen, wenn die Kirchenglocke so einen Radau macht.

Arm ausstrecken, vortasten, weiter, noch ein Stück, okay, Matratzenkante. Uff. Du bist hier das einzige Wrack. Brauchst deinen Mundgeruch mit keinem teilen. Aber wo bist du eigentlich gestrandet? Wüsste man schon gern.

Mal sehen, gestern Abend zurückspulen.

Frühlingsfeuerchen bei Jakob, gab ja was zu feiern: die Rückkehr des verlorenen Sohns. Unser Nationalheld Teandishru' nimmt sich in letzter Zeit verdammt wichtig, aber was solls. Freund ist Freund, und an der Gitarrre isser echt gut. Deshalb war auch ein Haufen Neugierige und Groupies da, nicht nur die üblichen Verdächtigen, die sich immer die Kante geben wollen. Und weil wir massenhaft Paletten ins Feuer geschmissen haben.

Wer war noch mal alles da? Die Jungs aus der Werkstatt, klar. Der alte Noé, wie immer der Brüller mit seinen absurden Geschichten. Max Yaskawish, der Besitzer der Tanke, natürlich, der Tooktoo-Klan muss vertreten sein. Der junge Cœur-Brisé ist schließlich der Stolz des ganzen Reservats. Das muss man erst mal hinkriegen. Sogar der alte Roméo, unser Haus-und-Hof-Schamane, war da, um die Tournee seines Neffen zu feiern. Seltener Besuch, lässt sich sonst nicht blicken, wenn die Trauergestalten abends aus ihren Löchern gekrochen kommen.

Dong! Ding, dong! Dong!

Konzentrier dich, Wabush. Im Bett vom alten Méo liegst du jedenfalls nicht.

Also, wer von den Ladies war da? Jean-Pauls Schnalle, das weiß ich noch. Sie hat die ganze Zeit wie ein Schießhund aufgepasst, dass er nix trinkt. Unwahrscheinlich, dass die mich abgeschleppt hat. Die kleine Beth von der Basse-Côte, die voll einen auf Groupie gemacht hat. Die würde sich nie dazu herablassen, mit mir in die Kiste zu steigen. Dann noch die Mädels von der Tanke: Stéphanie, die Ex von Charles – von der lass ich schön die Finger –, Sophie Tooktoo und Lydia.

Lydia. Lydia Yaskawish, na klar.

»LYDIA?«

Dong! Ding, dong! Dong!

Schweigen im Walde.

Ich schrei noch lauter, um der Kirche Konkurrenz zu machen, aber ich bin hundertpro sicher, dass ich allein in der Bude bin.

Ich reib mir den Schlaf kiloweise aus den Augen und setz mich mit letzter Kraft auf. Die blutroten Wände, die Sperrholzmöbel, die Poster, Justin Timberlake neben Sitting Bull. Ich bin bei Lydia, so sicher wie das Amen in der Kirche. Schon wieder. Das wolltest du doch bleiben lassen, jetzt merks dir mal, Alter. Aber da denkste halt eher dran, wenn du verkatert flachliegst, als wenn du hacke bist. Und geil. Trotzdem, das wird ja langsam zur Gewohnheit.

Ich hieve meinen Hintern aus dem Bett und mache mich auf die Suche nach den Shorts und was ich sonst so anhatte. Schnitzeljagd war nie meine Stärke, und weil mein Kopf immer noch explodieren will, starte ich die Expedition erst mal aufm Klo.

Ach nee, sie hat mir ein Post-it an den Spiegelschrank geklebt.

Finger weg von den Blauen.

Oha! Da hat mich jemand durchschaut! Ich will mal nich so sein und geb mich mit den Weißen und den Roten zufrieden.

Sind ja schließlich keine Smarties.

Endlich hält die Kirche das Maul, also könnt ich auch auf die Pillen verzichten, aber sicher ist sicher.

Nach drei Runden durch die Wohnung hab ich alles eingesammelt. Die Shorts lagen im Bett, das T-Shirt im Flur, die Unterhose im Wohnzimmer.

Muss ganz schön abgegangen sein. Respekt, Wabush.

Ich heb einen Fuß, steig in die Unterhose, und als ich ihn wieder abstellen will, ist da was Kaltes, Metallisches, Bewegliches drunter, und ich knall voll auf den Hintern. Shit! Meine Kopfschmerzen schießen ins Steißbein.

Fuck, Lydia, jetzt schmeiß ich doch ein paar Blaue ein. Du hättest deinem kleinen Scarface ja sagen können, er soll seine Matchbox-Autos nicht überall rumfliegen lassen.

Ich rapple mich auf und halte dabei die Luft an, weil ich mir einrede, dass es dann weniger weh tut. Da seh ich das zweite Post-it auf dem Wohnzimmertisch.

Augen auf im Straßenverkehr!

Ich muss lachen.

Höchste Zeit fürn Abgang.

In dem Moment vibriert mein Telefon.

Nix da! Wabush, du gehst da nicht ran. Du kennst die Regeln. Am Morgen danach ist Funkstille. Okay, sie ist jung und sexy, okay, sie bringt dich sogar in ihrer Abwesenheit zum Lachen. Hab aber trotzdem keinen Bock, meinen Pick-up jeden Abend in derselben Garage zu parken. Vor allem nicht, wenn das heißt, für den kleinen Waso Ersatzpapa zu spielen. Hätt ich Kinder gewollt, hätt ich welche in die Welt gesetzt, und zwar vor meinem Vierzigsten. Kitchike ist tote Hose, mausetot, das ist keinem Nachwuchs zumutbar. So ein Erbe willst du keinem mitgeben: zerrissen zwischen der Stadt und dem Reservat, der glorreichen Vergangenheit und der kolonialen Gegenwart, keine Träume, keine Hoffnungen, gefangen in bescheuerten Kleinkriegen, umzingelt von rassistischen Frenchies, regiert von Möchtegernmafiosi von Kanadas Gnaden. Doppelt gearscht ins Leben starten, das wünsche ich keinem.

Ich schnapp mir den Pulli vom Fernseher. Zieh die Socke an, die im Flur rumliegt. Aber wo ist ihre Zwillingsschwester? Ich such in der Wohnung rum wie ein Blöder und find sie nicht. Dabei bin ich mir ziemlich sicher, dass ich gestern beim Rausgehen nicht nur eine anhatte.

Shit, ich will hier nicht den ganzen Tag rumhängen. Außerdem krieg ich langsam Hunger.

Ich schleich zum Kühlschrank, hab den Griff schon in der Hand, da schreckt mich der Klingelton von meinem Handy auf. Scheiße, Mann. Sie hat mir auf die Mailbox gesprochen. Das hat mir grad noch gefehlt. Jetzt klingelt mich auch noch mein Magen an, also raff ich mich auf und öffne den Kühlschrank. Kann mir ein Grinsen nicht verkneifen. Ganz oben, unter einem Päckchen mit geräuchertem Elchfleisch in Scheiben, liegt die fehlende Socke. Und, klar, ein gelbes Post-it.

Überraschung!

Bekloppt, diese Lydia. Wird Zeit, dass ich mich vom Acker mache. Ich zieh die Socke an, viel zu kalt, nicht schön, und schling ein paar Scheiben Elch runter. Ich glaub, das sollte ein Geschenk sein, und falls nicht: Rache ist süß.

Dann hab ich zugegebenermaßen einen kleinen Moment der Schwäche. Oder der Erkenntnis. Oder ist es Neugier? Egal. Auf einmal will ichs wissen, entsperr mein Handy und hör mir die Nachricht an. Ist gar nicht von Lydia, falls sie nicht über Nacht mutiert ist. Nee, von einem Typen, den ich ziemlich sicher nicht kenne:

»Geronimo, der Alte sagt, du bist im Boot.
Treffen im Halloway am 17. um Mitternacht.
Erkennungszeichen lila Halstuch.
Sei diskret.«

Mir läufts kalt den Rücken runter. Und das hat nix mit der Kühlschranksocke zu tun. Dann war das also nicht nur Gerede ...

Jetzt ist es so weit. Der Regimewechsel kommt. Die Gerechtigkeit Gottes wird unser Reservat treffen, und wies aussieht, wirst du derjenige sein, der das Schwert führt. Handeln, Pierre, nicht immer nur quatschen. Jetzt oder nie.

Ich steck das Handy ein und geh zur Haustür. Aber bevor ich sie öffne, muss ich noch kurz vor dem Foto Halt machen, das neben der Tür hängt. Lydia posiert strahlend mit dem kleinen Waso auf dem Arm. Auf dem Bild ist er noch keine zwei. Hatte seine Narbe noch nicht. Schön war er da, vollkommen.

Kitchike hats drauf, alles kaputtzumachen, was gut und schön ist. Dir den Bauch aufzuschlitzen, dass du durch deine eigenen Eingeweide watest. Mann, Wabush, auch wenn du dich nie fortpflanzen wolltest: Das liegt halt in der Natur des Menschen. Wir sind weiter da. Und es gibt kleine Scheißerchen wie Waso, die hier großwerden müssen, die hier überleben müssen.

Keine Ahnung, ob es an den Post-its liegt, dem geschenkten Elchfleisch, dem Matchbox-Ausrutscher oder einfach am Kater, aber auf einmal hab ich Tränen in den Augen. Bitterböse Tränen der Wut. Wenn ich in meinem Scheißleben irgendwas tun kann, damit unsere Kids in diesem Niemandsland von Reservat eine Chance kriegen – *den* Zug werd ich nicht verpassen, das schwör ich.

Die Uhr tickt.

Ich knalle die Tür zu.

Pass bloß auf, Kitchike.

Kapitel 2

Jean-Paul
Paul
Jean-Pierre

Eines schönen Morgens stellte Jean-Paul Paul Jean-Pierre gleich nach dem Aufstehen fest, dass sich ein klaffendes Loch bei ihm häuslich eingerichtet hatte. Er hatte keine Zeit für einen Kaffee oder einen Toast, nicht mal für eine Zigarette. Das schwarze Loch hatte sich in aller Frühe selbst eingeladen und das Sofa mit Beschlag belegt, dieses Sofa, das Jean-Paul Paul Jean-Pierre nie so ganz in den Griff bekommen hatte, ganz gleich, wie viele Stunden oder Tage oder Wochen er ihm widmete.

Jean-Paul Paul Jean-Pierre war arbeitslos. Er hatte durchaus schon gearbeitet, unzählige Berufe durchprobiert, aber nichts hatte ihm zugesagt. Jean-Paul Paul Jean-Pierre machte gern etwas mit den Händen, er war ein echter Handwerker, übte sein Handwerk aber nicht mehr aus. Jean-Paul Paul Jean-Pierre war nicht besonders gebildet. Vom Schulunterricht, den Zahlen und Buchstaben in den Büchern, dem ganzen »Stoff ohne Stoff«, wie er es nannte, war nichts in seinem Kopf hängen geblieben. Er erklärte sich das gern so, dass diese »Intellektuellereien« – davon war er überzeugt – nichts für Indianer waren.

Jean-Paul Paul Jean-Pierre war nämlich ein Indianer. Das Wort hatten die Weißen sich ausgedacht, als sie kapierten, dass Kolumbus nicht in Indien gelandet war, dass die Ureinwohner also keine Inder waren. Jean-Paul Paul Jean-Pierre war ein Indianer aus Nordamerika. Ein eingeborener autochthoner indigener nordamerikanischer Indianer, Angehöriger der Ersten Nationen der nordamerikanischen Großen Schildkröte. Gebürtig aus Kitchike. Er stammte von hier, wohnte hier und hatte hier geheiratet wie seine Eltern, sich dann scheiden lassen und was mit der Freundin des Nachbarn angefangen.

Anders als Jean-Paul Paul Jean-Pierres Eltern war die Freundin des Nachbarn nicht aus Kitchike. Natürlich war auch sie eine eingeborene autochthone indigene nordamerikanische Indianerin, Angehörige der Ersten Nationen der nordamerikanischen Großen Schildkröte, aber sie war eine Algonquin, besser gesagt, eine Anishnaabe. Vor allem kam sie aus der Stadt. Der echten, der wahren, der Großstadt. Nicht aus dem Provinznest nebenan, das die Leute von Kitchike für eine Stadt hielten. Die Freundin des Nachbarn kannte nur wenige Leute in Kitchike. Und als der charmante Nachbar sich immer mehr als ständig ausrastender Aggro-Alki entpuppt hatte, war sie eben zu Jean-Paul Paul Jean-Pierre weitergezogen. Und wie sie so auf seinem Sofa saß und keine Anstalten machte, es wieder zu verlassen, beschloss er, sich ihren Kummer und ihr Leid anzuhören und sie zu trösten. Und dann blieb sie einfach da, ein paar Stunden, eine Nacht, ein Jahr. Ließ sich in seinem Heim, Hirn und Handeln häuslich nieder.

Je länger er darüber nachdachte, umso klarer wurde ihm jetzt alles. Die Freundin des Nachbarn – Julie-Frédérique – hatte sich eines schönen Morgens, als er gerade aufgestanden war, bei ihm eingerichtet und auf demselben Sofa Wurzeln geschlagen, wo nun das schwarze Loch klaffte. Jean-Paul Paul Jean-Pierre fragte sich, ob er die Sitzgelegenheit dafür loben sollte, dass sie Julie-Frédérique eingefangen hatte, oder dafür tadeln, dass sie jetzt das schwarze Loch in die Falle gelockt hatte. Dieses Möbel entwickelte wirklich schlimme Angewohnheiten. Es musste endlich gezähmt werden, um klarzustellen, wer hier der Herr im Haus war. Er musste sich Respekt verschaffen, doch Jean-Paul Paul Jean-Pierre hatte von der Psyche eines Sofas keine Ahnung. Er hatte von Psychologie insgesamt keine Ahnung. In Kitchike war das kein besonders weit verbreitetes Fachgebiet.

Wollte man psychologische Hilfe in Anspruch nehmen, musste man die Linie überqueren, die unsichtbare Grenze, die das Reservat von der benachbarten Ortschaft trennte. Diesen Graben hatte Jean-Paul Paul Jean-Pierre lange gesucht, nachdem er ihn als roten Strich auf der Landkarte des Ministeriums gesehen hatte. Und wenn einer die staubigen Straßen der Old Town in- und auswendig kannte, dann er. Die rote Linie hatte er konkret allerdings nie finden können. Nachdem er Landvermessern einmal live bei der Arbeit zugesehen hatte, lautete seine Schlussfolgerung, dass solche Linien offenbar nur mit den Spezialteleskopen dieses Berufsstandes sichtbar waren. Und auf diesem Instrument konnte Jean-Paul Paul Jean-Pierre nicht spielen.

Auch ohne genau zu wissen, wo die Linie verlief, überquerte Jean-Paul Paul Jean-Pierre sie ab und zu, wie alle Einwohner von Kitchike, um das bisschen Geld, das er im Reservat verdiente, bei seinen weißen Nachbarn auszugeben. Er verdiente selten mal was, und wenn, dann nur wenig, aber wie alle Einwohner von Kitchike gab er das, was er verdiente, bei seinen weißen Nachbarn aus. Früher hätte er gesagt »in der Stadt«, wie alle Einwohner von Kitchike. Aber dann hätte Julie-Frédérique wieder geschimpft. Sie hatte ihm beigebracht, dass eine Stadt etwas ganz anderes war, was aber offenbar die Einwohner von Kitchike, die nicht das Glück hatten, Zeit mit Julie-Frédérique zu verbringen, nicht wussten.

Wäre sie nur dagewesen.

Wäre sie dagewesen, hätte Julie-Frédérique bestimmt gewusst, wie man das schwarze Loch wieder loswurde, das auf einmal noch ein bisschen dicker aussah, noch ein bisschen auffälliger, noch ein bisschen ... schwärzer. Aber Julie-Frédérique war nicht da. Sie war am Morgen etwas früher aufgestanden, um ihren üblichen Schminkzirkus zu veranstalten – Frauen mussten immer alles furchtbar demonstrativ machen, davon war er überzeugt –, und war dann wortlos aus dem Haus gegangen, wie jeden Morgen seit fast einer Woche, um sich Beschäftigungen zu widmen, über die sie keine nähere Auskunft gab. Jean-Paul Paul Jean-Pierre wusste nicht, womit er es verdient hatte, dass sie ihn mit Schweigen strafte, aber – davon war er überzeugt – dieses schwarze Loch sollte vor ihrer Rückkehr besser verschwunden sein, wenn er wollte, dass sie ihm gnädigerweise wieder etwas Aufmerksamkeit zukommen ließ.

Jean-Paul Paul Jean-Pierre suchte verzweifelt nach einer Lösung für sein Problem. Er durchforstete sämtliche Winkel seines Hirns, ohne das schwarze Loch aus den Augen zu lassen, damit er auch ja nicht vergaß, wonach er suchte. Ein Lächeln huschte über sein Gesicht, verblasste aber gleich wieder, als ihm einfiel, dass er gar nicht nach dem schwarzen Loch suchte, das war ja direkt vor seiner Nase, sondern nach einer Möglichkeit, es verschwinden zu lassen, bevor Julie-Frédérique zurückkam. Da Jean-Paul Paul Jean-Pierre in seinem Kopf keine Lösung fand, beschloss er, seine Wohnung zu durchsuchen. Vielleicht brachten ihn Julie-Frédériques Bücher auf eine Idee.

Da das Problem ein schwarzes Loch war, musste die Lösung, das wusste Jean-Paul Paul Jean-Pierre genau, im buntesten, leuchtendsten ihrer Bücher zu finden sein. Nach einigen Runden durchs Wohnzimmer sah er, dass das bunteste, leuchtendste Buch nicht in Julie-Frédériques Regal stand, sondern direkt vor seiner Nase lag, nicht weit von dem schwarzen Loch, auf dem kleinen Glastisch, den man Julie-Frédérique zufolge keinesfalls mit einer Ablage für die Füße verwechseln durfte. Jean-Paul Paul Jean-Pierre beugte sich vor, griff nach dem Buch und wollte sich schon auf dem Sofa niederlassen, als ihm gerade noch rechtzeitig einfiel, dass der Platz bereits von dem schwarzen Loch besetzt war. Jean-Paul Paul Jean-Pierre hockte sich also auf den Boden, um das Buch zu befragen, dessen farbige Seiten – weiß, gelb, blau und rosa – zahlreiche Buchstaben und ungefähr ebenso viele siebenstellige Zahlen enthielten, nur leider absolut nichts über schwarze Löcher. Allerdings brachten die Zahlen ihn auf eine Idee. Wenn er nun einen Spezialisten aus der Stadt nebenan anriefe – mit anderen Worten, einen seiner weißen Nachbarn –, könnte ihm der vielleicht bei der Lösung des Problems helfen? Er verdiente selten was und wenn, dann nur wenig, aber das, was er verdiente, gab er bei seinen weißen Nachbarn aus, und dort konnte man diese Art von Dienstleistung bestimmt finden. Jean-Paul Paul Jean-Pierre zögerte wieder. Rief man in so einem Fall den Hundefänger oder den Kammerjäger? Und was war eigentlich der Unterschied zwischen beiden? Er hatte keine Ahnung, welche Strategie die bessere war. Jean-Paul Paul Jean-Pierre beschloss, lieber erst mal einen Freund anzurufen und um Rat zu fragen.

Jean-Paul Paul Jean-Pierre hatte nur wenige Freunde. Als Jugendlicher hatte er schon welche gehabt, natürlich. Unmengen Bekannte, noch mehr Cousins und andere Verwandte, mehr, als sich an den Zehen und Fingern der Hände und Füße abzählen ließ. In seinem kleinen, messerscharf umrissenen Kosmos kannte er alle, und alle kannten ihn. Sein Ruf als einer, der immer gute Laune hatte, eilte ihm voraus, und – davon war er überzeugt – alle schätzten ihn. Früher, als er noch sein Handwerk ausgeübt hatte, waren die Leute aus dem Reservat regelmäßig in seiner Werkstatt vorbeigekommen und hatten sein Talent bewundert. Manchmal fragte sich Jean-Paul Paul Jean-Pierre, warum ihn eigentlich niemand mehr an der Werkbank besuchen kam, und dann fiel ihm ein, dass er ja selbst nicht mehr hinging. An manchen Tagen fragte sich Jean-Paul Paul Jean-Pierre, warum ihn eigentlich niemand mehr anrief, und dann fiel ihm ein, dass er kein Telefon mehr hatte. An anderen Tagen fragte sich Jean-Paul Paul Jean-Pierre, warum er eigentlich kein Telefon mehr hatte, und dann erinnerte ihn sein Anbieter freundlich daran, dass er die Rechnungen, die ihm Monat für Monat geschickt wurden, nie bezahlte. Hin und wieder fiel Jean-Paul Paul Jean-Pierre ein, dass er den Telefonanbieter gewechselt hatte, aber der neue schickte ihm seltsamerweise Monat für Monat dieselbe Art von Rechnungen! Und üblicherweise erinnerte er sich in diesem Moment daran, dass er Rechnungen nicht mochte. Nicht weil ihm das Geld dafür fehlte, sondern weil man sich um so was kümmern musste. Und damit hatte Jean-Paul Paul Jean-Pierre es nicht so, nicht nur, was Rechnungen betraf. Er hasste es, sich um die Befüllung des Vorratsschranks zu kümmern, um den Haushalt, um die Schlichtung eines Streits oder um die Kinder.

Ab und zu fragte sich Jean-Paul Paul Jean-Pierre, warum er seine Kinder nicht mehr sah. Warum sie ihn nicht öfter besuchen kamen. Er hatte vier oder fünf davon, und früher waren sie mit dem Wechsel der Jahreszeiten umhergezogen, schliefen bei ihm oder seiner Ex oder seiner Mutter oder seinem Bruder oder seiner Cousine. Irgendwann hatten sie mit dem Umherziehen aufgehört und sich endgültig irgendwo niedergelassen. Irgendwo, aber nicht bei ihm. Jean-Paul Paul Jean-Pierre fand das Leben so einfacher. So musste er sich um viele Dinge, die mit den Kindern zu tun hatten, nicht mehr kümmern: um Streitigkeiten zwischen Julie-Frédérique und den Kindern über den Haushalt, Streitigkeiten zwischen Julie-Frédérique und den Kindern über den Zugang zu Fernseher oder Computer, Streitigkeiten zwischen Julie-Frédérique und den Kindern über Höflichkeit und Gemecker und Tischmanieren und um wie viel Uhr sie wieder zu Hause sein sollten. Bei dem neuen Türschloss, das Julie-Frédérique verlangt hatte, noch bevor die Kinder mit dem Umherziehen aufhörten, waren nur zwei Schlüssel mitgeliefert worden, und das hatte Jean-Paul Paul Jean-Pierre als eindeutiges Zeichen eines göttlichen Willens aufgefasst. Er war davon überzeugt: Hier hatte das Schicksal seine Finger im Spiel gehabt.

Doch in diesem Moment hätte sich Jean-Paul Paul Jean-Pierre gern von seinen Sprösslingen helfen lassen. Mit ihrer kindlichen Fantasie hätten sie bestimmt eine gute Lösung für sein fieses Problem mit dem schwarzen Loch gefunden. Aber wo waren die Kinder? Bestimmt bei seiner Mutter oder seiner Schwester oder seinem Bruder oder einem seiner zahlreichen Cousins oder bei jemand anderem aus seiner weitläufigen Verwandtschaft, an dessen Namen er sich wahrscheinlich erinnern würde, falls er ihm jemals auf einem Kongress begegnen und eine Visitenkarte von ihm erhalten sollte. Nur dass Jean-Paul Paul Jean-Pierre nie auf Kongresse ging. Aber das Wort »Visitenkarte« gefiel ihm. Jean-Paul Paul Jean-Pierre griff zum Telefon. Und lange bevor ihm klar wurde, dass er gar nicht wusste, wen er anrufen wollte, merkte er, dass er kein Freizeichen hörte. Dabei dachte er, Julie-Frédérique hätte endlich eine Telefongesellschaft gefunden, die bereit war, ihnen einen Anschluss bereitzustellen. Offenbar hatte er schon wieder eine Rechnung vergessen.

Plötzlich holte ihn ein Geräusch, als ob ein nasser Lederriemen durch die Luft peitschte, ins Wohnzimmer zurück, und Jean-Paul Paul Jean-Pierre stellte fest, dass er nicht der Einzige war, der Kinder hatte. O nein! Nein, nein, nein, nein! Das schwarze Loch, oder vielmehr – das war jetzt sonnenklar – *die schwarze Löchin* hatte gerade geworfen. Einen Wurf unzähliger kleiner schwarzer Löcher, die hie und da durch seine Wohnung schwebten, lauter Probleme, um die er sich kümmern musste. Und all diese Probleme wimmelten und wirbelten durch die Gegend, huschten in alle Zimmer seiner Wohnung und machten es sich kurzerhand auf der Kühlschranktür, in der Kloschüssel und an den Glaswänden der Dusche gemütlich ...

O nein! Nicht auf der Computertastatur! Falls das schwarze Loch jetzt auf einer Website mit vollbusigen Japanerinnen herumstöberte, würde Julie-Frédérique es sofort mitkriegen und das Passwort ändern, und dann hätte er wieder monatelang keinen Zugang zum Internet.

Nein, nein, nein, nein!

Jean-Paul Paul Jean-Pierre warf sich vor den Computer, versperrte dem kleinen schwarzen Loch den Weg, und es stoppte ein paar Zentimeter vor seinem Gesicht.

»Finger weg vom PC!«, schrie Jean-Paul Paul Jean-Pierre und baute sich vor dem schwarzen Loch auf wie Julie-Frédérique vor ihm, wenn sie ihm eine Standpauke hielt.

»Kschsch!«

Aber das kleine schwarze Loch war fieser, als er gedacht hatte; so fies, seine Wampe aufzublähen und eine Vielzahl kleiner Nadeln auszufahren, ebenso schwarz wie seine Außenhaut, die Außenhaut eines dicken kleinen schwarzen Lochs.

Jean-Paul Paul Jean-Pierre hatte eigentlich nicht so schnell die Hosen voll, aber jetzt spürte er plötzlich, wie ihm ein Luftzug zwischen die Beine fuhr und den Rücken hochkroch.

Der kleine nachtschwarze Seeigel stieß einen schrillen Schrei aus und beschoss ihn mit Pfeilen.

Jean-Paul Paul Jean-Pierre wich im letzten Moment aus, einmal, zweimal, dann hechtete er unter den Küchentisch, um kurz zu verschnaufen. Und erblickte ein weiteres schwarzes Loch – größer als der kleine Seeigel, aber nicht so dick wie die Mutter –, das gerade die Tür zum Schlafzimmer eindrückte.

»Nein!«

Jean-Paul Paul Jean-Pierre nahm seinen ganzen Mut zusammen und verließ sein Versteck. Sogleich ging ein Hagel aus Tellern auf ihn nieder. Einige kleine schwarze Löcher hatten beschlossen, in den Schränken aufzuräumen und alles zu zerschlagen. Jean-Paul Paul Jean-Pierre rannte ins Schlafzimmer und fand dort das mittelgroße schwarze Loch in sein Bett gekuschelt vor, natürlich auf Julie-Frédériques Seite. Erneut peitschte ein Geräusch durch die Luft wie von einem nassen Lederriemen, und Jean-Paul Paul Jean-Pierre sah voller Entsetzen, dass das mittelgroße schwarze Loch seinerseits einen neuen Wurf zur Welt brachte. Jetzt waren sie schon zu Hunderten, ja, Tausenden, schwirrten um ihn herum und stürzten sein Leben ins Chaos.

O nein! Nein, nein und doppelt nein!

Was würde Julie-Frédérique nur sagen? Um so viele Probleme könnte er sich niemals kümmern.

In Panik hielt sich Jean-Paul Paul Jean-Pierre schützend eine Hand vors Gesicht und drosch die Haustür ein.

Er rannte, so schnell er konnte, einen Schwarm kleiner schwarzer Löcher auf den Fersen, und flüchtete sich in die Werkstatt. So, hier war er in Sicherheit. Geschützt vor den schwarzen Löchern mit ihren Pfeilen.

Jean-Paul Paul Jean-Pierre lehnte sich an die Tür und schloss die Augen, um eine Verschnaufpause zu machen, aber dann fiel ihm ein, dass es mit geschlossenen Augen gar nicht so leicht war, überhaupt etwas zu machen, da ging nicht mal eine Verschnaufpause. Also schlug er die Augen wieder auf, stellte fest, dass er nicht viel mehr sah als vorher, und tastete sich bis zur Werkbank vor, die er seit ewig und drei Tagen nicht angerührt hatte. Natürlich wusste er nicht, wie man die Länge von »ewig« maß und was es mit den drei Tagen Nachschlag auf sich hatte – das musste mit der merkwürdigen Zeitrechnung seiner weißen Nachbarn zusammenhängen –, aber eins wusste er aus tiefstem Herzen, nämlich dass er sich hier, an seiner Werkbank, die ihm von allen Bänken die liebste war, sehr wohl fühlte. Er verbrachte eine ganze Weile damit, im Halbdunkel die hie und da herumliegenden Werkzeuge zur Herstellung von Schneeschuhen zu betrachten, die Kanthölzer aus Esche, die Holzformen zum Flechten der Lederriemen für die Bespannung, die Querhölzer, die nach Größe sortiert auf den Regalen lagen.

Die ganze Werkstatt war von einer dicken Staubschicht bedeckt. Wie lange war er schon nicht mehr hier gewesen? Eine Woche? Einen Monat? Ein Jahr? Am meisten liebte Jean-Paul Paul Jean-Pierre seine Kinder, seine Verwandten und seine Freunde, aber gleich danach kam in seinem kleinen, messerscharf umrissenen Kosmos die Arbeit mit den Händen. Er liebte es, hier in seiner Werkstatt die gleichen jahrtausendealten Bewegungen auszuführen wie seine Ahnen.

Aber Jean-Paul Paul Jean-Pierre übte sein Handwerk nicht mehr aus. Wie war es nur so weit gekommen? Es fehlte ihm doch an nichts. Weder an Zeit noch an Talent. Außerdem brauchte er Geld, um es in der Stadt nebenan ausgeben zu können. Warum also hatte er seine Berufung fahren lassen?

Jean-Paul Paul Jean-Pierre erinnerte sich, dass sich das Handwerkerleben nicht besonders gut mit dem Beziehungsleben vereinbaren ließ. Dass der Staub der Lunge schadete, dass sich das Handwerk nicht lohnte, dass er sich doch besser einen richtigen Beruf suchen sollte. Er wusste noch genau, wie sehr er immer nach den gegerbten Riemen gestunken hatte und dass Julie-Frédérique deshalb der Appetit vergangen war – auf Essen und erst recht auf Sex. In diesem Moment fiel Jean-Paul Paul Jean-Pierre wieder ein, dass er schlicht kapituliert hatte, weil etwas aufzugeben leichter war, als sich um die Konsequenzen der eigenen Entscheidungen zu kümmern.

Eine Welle der Übelkeit stieg in Jean-Paul Paul Jean-Pierre auf.

Er versuchte, tief durchzuatmen, aber der Staub reizte ihn in der Kehle, und er musste heftig husten. Er stand auf, ging zu dem Regal mit den Querhölzern, schob den Arm in sein Versteck und zog ein Bier heraus. Er rieb den staubigen Flaschenhals an seinem Pulloverärmel sauber und schlug den Kronkorken mit einem Hieb gegen die Werkbankplatte ab.

Jean-Paul Paul Jean-Pierre nahm einen tiefen Schluck, dann einen zweiten, einen dritten.

Billiges Bier alterte nicht wie guter Wein, eindeutig. Jean-Paul Paul Jean-Pierre knallte die leere Flasche an die Wand. Er streckte den Arm noch einmal aus, griff sich eine zweite Flasche, säuberte den Flaschenhals, schlug den Kronkorken gegen die Platte und vernichtete den Inhalt. Nachdem er das Ritual mehrmals wiederholt hatte, fiel Jean-Paul Paul Jean-Pierre plötzlich ein, dass er schon seit Jahren nicht mehr trank, was auch gut so war. Schwankend setzte er sich und überlegte, was er hier eigentlich machte, allein und untätig im Dunkeln. Ohne weiter nachzudenken, schaltete er das Licht an, nahm eine Holzform zum Flechten, holte ein paar eingeweichte Riemen aus einem Fass, griff sich einige Kanthölzer aus Esche und legte los.

Seine neun Finger erwachten wie von selbst zum Leben, ihr Muskelgedächtnis übernahm den größten Teil der Arbeit. Die Stunden vergingen, und nachdem er die Bespannung für mehrere Paar Schneeschuhe geflochten hatte, stellte Jean-Paul Paul Jean-Pierre fest: Er war glücklich.

Es war Nacht geworden, als Julie-Frédérique in flammendem Zorn hereingerauscht kam:

»Was machst du hier, du Idiot? Die Wohnung ist von einer Meute schwarzer Löcher befallen, und du verplemperst deine Zeit mit Kinderkram?«

»Das mit den schwarzen Löchern weiß ich«, antwortete Jean-Paul Paul Jean-Pierre. »Regle du das, ist doch deine Spezialität. Ich kümmere mich nicht gern um solche Sachen.«

Julie-Frédérique knallte die Tür hinter sich zu.

In den frühen Morgenstunden, als Jean-Paul Paul Jean-Pierre erschöpft in seine Wohnung zurückkehrte, bemerkte er, dass die schwarzen Löcher verschwunden waren. Zudem bemerkte Jean-Paul Paul Jean-Pierre, dass auch Julie-Frédériques Computer, Julie-Frédériques Wäsche samt Unterwäsche sowie Julie-Frédériques Bücher verschwunden waren.

Jean-Paul Paul Jean-Pierre legte sich auf sein leeres Sofa, das er nun wieder ganz für sich hatte, blätterte in dem bunten Telefonbuch, schlief darüber ein. Und bunt waren auch seine Träume.

Kapitel 3

Omen

Der alte Roméo Cœur-Brisé hatte eine Schwäche für den Wald rings um Kitchike, vor allem im Frühling. Auf den Pfaden, die in allen Richtungen unter den Tannen und Fichten, Birken und Ahornen hindurchführten, wähnte er sich fast wie in seiner Jugend in den Wäldern seines Vaters, tief in der Wildnis, auf dem Land seiner Vorfahren. Jeder Schritt machte ein leises schmatzendes Geräusch. Der weiche Boden duftete scharf nach Tannennadeln. Hier und dort lag noch Raureif auf den Bäumen. Eine frische Brise fügte sich mit der Wärme der schräg stehenden Nachmittagssonne zu einem harmonischen Ganzen. Die Luft war lau. Das Knacken der Zweige, der erdige Geruch, der Wind auf seinem Gesicht, der Gesang der Blauhäher, Rotkardinäle und Meisen, all dies war das wahre Leben. Natürlich war es nur eine Illusion: Das Reservat und vor allem die Stadt waren nur wenige Kilometer entfernt. Doch seine alten Knochen erlaubten ihm keine nomadischen Streifzüge durch die Wildnis mehr, und so begnügte sich Roméo Cœur-Brisé mit diesem Waldstück. Er genoss jeden Laut, jeden Duft, jeden Baum, jeden Stein. All das war ein Geschenk, Balsam für seine wunde Seele. An diesem Tag hätte ihm nichts anderes Frieden bringen können.

Der alte Roméo ließ sich auf einem Baumstumpf nieder, um den Bach und sein Glitzern in der Frühlingssonne zu betrachten. Hier draußen herrschte Ruhe. Nach sechsundsiebzig Lebensjahren konnte Roméo bezeugen, dass es auch andere Zeiten gegeben hatte. In seiner wilden Jugend war Kitchike eine Ansammlung von Hütten gewesen – ein Lagerplatz, nicht viel mehr. Doch dann hatten sich die Häuser fast genauso schnell vermehrt wie die Menschen und die Hunde. Unbefestigte Wege wichen Asphaltstraßen. Die Trampelpfade zwischen den Häusern endeten immer häufiger an Holzzäunen. Roméo konnte nicht begreifen, warum seine Leute das ihnen zugewiesene Gebiet wie Katasterbeamte vermaßen, warum sich ihre Herzen mit wenigen Quadratmetern begnügten. Jahr um Jahr breitete sich das Dorf aus und verschlang den Wald, den früheren Lebensraum der Seinen. Seltsamerweise zeigten die Menschen, je weiter sich die Siedlung in die Natur hineinfraß, immer weniger Interesse für den Wald. Die Jugend, hypnotisiert von den Lichtern der Stadt, kehrte der Natur mehr und mehr den Rücken. Das betrübte den Alten, aber er tröstete sich mit dem Gedanken, dass er sich dadurch umso besser in ihrer freundlichen Ruhe erholen konnte. Heute hätte er auch keine neugierigen Blicke ertragen.

Ach, Diane ...

Der alte Mann stieß einen Seufzer aus, der als kleine Wolke aufstieg. Das reichte, um ihn zu bezaubern. Er strahlte über das ganze faltige Gesicht.

Singen. Es ist Zeit zu singen.

Der alte Mann setzte seinen sandfarbenen Rucksack ab und entknotete die Riemen. Die kleine Handtrommel, die er herausnahm, war wie neu. Eine unverbrauchte Trommel für seine verbrauchten Hände. Er ließ sich Zeit, betrachtete, berührte, beschnupperte sie. Er rieb in kleinen konzentrischen Kreisen mit der Handfläche darüber, als wollte er sie zutraulich machen. Diese Trommel hatte Romeo Cœur-Brisé noch nie benutzt. Ein Großneffe hatte sie ihm vor einigen Jahren geschenkt, ein talentierter Musiker, der das Nomadentum der Familie Cœur-Brisé im Blut hatte. Sonst zog Roméo alte Dinge vor, sichere Werte, erprobt durch Erfahrung und Verschleiß. Doch als er heute Morgen aufgebrochen war, hatte ihn diese Trommel gerufen, und da sein Instinkt ihn selten trog, hatte der Alte beschlossen, ihr eine Chance zu geben. Er griff in den kleinen Beutel, den er um den Hals trug, und holte eine Prise Tabak heraus. Dann legte er die Opfergabe auf die Trommel und sprach leise das passende Gebet. Schließlich nahm er den Schlegel in seine schwielige Hand, schlug einen langsamen Rhythmus und brachte die gespannte Haut zum Singen.

Das war dein Lied, Diane, als du klein warst.

Du erinnerst dich doch, nicht wahr?

Roméo begann zu singen. Er sang, und jede Note, jede Silbe, jedes Wort stieg von seinen Lippen empor und verschmolz mit dem

Gesang der Schöpfung, so wie der Tabakrauch, der die Gebete trägt, emporsteigt. Roméo hatte den Gesang angestimmt, mit dem er seine kleine Schwester in ihren Kindertagen oft getröstet hatte. Roméo sang, und im makellosen Blau des Himmels ertönte ein lautes Grollen, ein Donnergrollen, das nach einem heftigen Gewitter klang. Das Unterholz wurde lebendig. Hasen, Rebhühner und Eichhörnchen bekamen Angst. Obwohl kein Lüftchen ging, raschelte das Gebüsch.

Roméo schwieg. Er legte die Trommel beiseite und hob den Kopf.

Nichts.

Nicht eine einzige Wolke verdunkelte den Himmel. Nichts kündete von Regen, Wind oder Sturm. Ganz im Gegenteil. Selbst die murmelnde Brise war verstummt.

Ach, Diane! Weißt du noch?

Roméo schloss die Augen, um besser zu sehen.

Am Himmel tat sich ein klaffendes Loch auf, zerriss das Firmament. In der Ferne leuchtete plötzlich ein Feuerpunkt, wurde größer und verschwand wie eine Sternschnuppe am Horizont zwischen den Bäumen.

Diane, das ist wunderschön! Wie gern würde ich dich jetzt in den Armen halten.

Allmählich kehrte die Brise zurück und umspielte den Nacken des alten Roméo Cœur-Brisé. Neugierig verzog er das Gesicht und schlug die Augen auf.

Glaubst du, ich werde es finden?

Vor ihm, am Ufer des Bachs, stand ein Mann. Ein alter Freund, so alt wie er selbst. Erfahrung und Verschleiß hatten sie voneinander entfernt. Das Kreuz und der Kreis passten ohnehin nur selten gut zusammen, das konnten sie beide bezeugen, aber tatsächlich auseinandergebracht hatte sie das Herz einer Frau. Trotzdem stand der Mann jetzt da, an diesem Ort, so wie Roméo es im Traum gesehen hatte. Er stand da, an diesem Ort, und war immer noch derselbe. Er hatte Soutane und römischen Kragen gegen Holzfällerjacke und

Baseballkappe getauscht. Unter dem Gewicht der Jahre war sein Rücken krumm geworden, und in sein vor Bitterkeit lang gewordenes Gesicht hatten sich tiefe Furchen gegraben. Doch es war unverkennbar Albin Pinault, der frühere Missionar von Kitchike.

Roméo schob die Trommel in den Rucksack und fragte, ungewollt taktlos: »Und, wie war die Gedenkmesse?«

Der Priester antwortete nicht gleich. Er ließ den Blick schweifen, entdeckte einen vorstehenden Felsen und setzte sich in aller Ruhe hin. Dann sah er zum Bach und murmelte mit schmerzerstickter Stimme: »Das weiß ich nicht. Ich hatte nicht die Kraft hinzugehen.«

Offensichtlich hielt er die Tränen ebenso zurück wie seine Worte.

Roméo hakte nicht nach. Schweigen ist Gold, das galt ebenso für den Mann des Kreises wie für den Mann des Kreuzes. Ein sicherer Wert, erprobt durch Erfahrung und Verschleiß. Und so begnügten die beiden sich damit, denselben Bach mit seiner brüchigen Eisschicht zu fixieren, sich einer neben dem anderen am Wiedererwachen der Natur zu erfreuen. Sie saßen lange da, an diesem Ort, bis der Moment Wurzeln schlug.

Wie viel Zeit war seit ihrem letzten Gespräch vergangen? Wie alt war Roméo gewesen, als er das letzte Mal mit Pinault gesprochen hatte? Sechzig, zweiundsechzig? Roméo konnte es nicht leiden, die Jahre auf diese Weise zu zählen. Das war ihm zu geradlinig, zu gregorianisch. Der Mensch entwickelte sich doch in seinem eigenen Rhythmus, aus eigenem Antrieb und durch die Erfahrungen, die er machte. Was sollte so ein starres Maß bringen? Er hatte diesen aus Europa eingeführten Brauch nie verstanden. Er fand ihn falsch, unwichtig und tückisch. Roméo war immer überzeugt gewesen, dass die Anzahl der Jahre, die ein Mensch noch zu leben hatte, viel bedeutsamer war, als wie viele schon hinter ihm lagen. In einer Sanduhr verrinnt die Zeit doch auch, und kein Mensch käme auf die Idee zu sagen, sie häufe sich an. Da aber niemand wusste, wie lang sein Weg auf Erden war, zog Roméo es vor, Geburtstage und Kerzen zu ignorieren. Er war ein Kind gewesen, dann ein Mann, und jetzt war er alt, einfach nur alt. Betagt und furchtbar einsam mit seinen Grübeleien, seinen Erinnerungen und seinem Bedauern.

Ohne den Blick vom fließenden Wasser abzuwenden, musterte er Albin aus den Augenwinkeln.

Die Gegenwart, alter Spinner. Jetzt zählt nur noch die Gegenwart.

Aber welche Worte würden sich auf eine Lichtung wagen, die nur das Schweigen kannte? Zärtliche, brüderliche Worte? Oder kriegerische, verletzende?

Da er nicht wusste, welches Gefühl aus seinem Mund dringen würde, beschloss Roméo, weiter zu schweigen. Er machte sich frei, indem er seine Ängste eine nach der anderen als kleine Dunstwölkchen ausstieß und die Lungen bei jedem Atemzug mit der frischen Frühlingsluft füllte.

Langsam verschwand die Sonne hinter den Baumwipfeln und warf dunkle Schattennetze über die Männer. Die beiden Freunde trugen bereits genug Finsternis in sich und wollten sich nicht ein weiteres Mal darin verlieren. Im sanften Licht der untergehenden Sonne löste sich die Zunge des Priesters:

»Wenn nur ... Wenn nur die Untersuchung nicht verhindert worden wäre. Wenn wir Gerechtigkeit bekommen hätten, glaubst du, dann würden wir heute, fünf Jahre später, auch hier sitzen?«

»Ach komm, Albin! Du hast die letzten fünfzig Jahre bei uns gelebt. Du bist praktisch einer von uns. Du müsstest wissen, dass Gerechtigkeit in Kitchike ein ferner Traum ist, eine zu schwere Last. Gerechtigkeit, nein, das wäre zu viel verlangt.«

»Und was ist mit der Wahrheit?«, murmelte Pinault mit tränenerstickter Stimme. »Wenigstens die Wahrheit. Für Diane. Haben wir nicht lang genug unter dieser Farce gelitten?«

»Die Wahrheit, ja, das wäre schön«, pflichtete ihm Cœur-Brisé bei. »Aber ebenso wie die Gerechtigkeit ist auch sie in Kitchike nur schwer zu finden.«

»Dann bleibt uns nur das Gebet? Das Gebet und der Glaube?«

Roméo musste sich zügeln.

Er hätte am liebsten gesagt, dass der Glaube etwas für die Christen sei, dass er ihn nicht brauche, weil er das Leben hatte, den Traum, den Kreis. Doch für Pinault war die Trauer schwer genug. Außerdem wurde es allmählich dunkel. Zeit zu gehen. Er stand auf.

»Komm mit. Ich will dir was zeigen.«

Roméo verschwand zwischen den Bäumen. Verwundert, aber neugierig stand der Priester auf und folgte ihm. Die beiden Männer verschmolzen mit der einbrechenden Nacht. Cœur-Brisé lief voraus, so schnell ihn seine alten Beine trugen, Albin dicht hinter ihm, auch wenn er kaum Schritt halten konnte. Ab und zu blieb Roméo stehen, sog die Luft ein und lauschte den Geräuschen der Nacht, dann konnte der Priester einen Moment verschnaufen. Albin hatte keine Ahnung, wohin sie liefen und warum sein alter Freund ihn tief in den Wald führte, tief in die Finsternis. Doch trotz ihres jahrelangen Schweigens, trotz der Kluft, die zwischen ihnen entstanden war, vertraute er Roméo. Die Jahre hatten sich angehäuft und lasteten jedes Mal, wenn sich der Unfall jährte, schwerer auf ihm. Wenn er nun die Trauer mit dem alten Cœur-Brisé teilte – würde das seinen Schmerz lindern? Oder die Wunde wieder aufreißen? Konnte diese beschädigte Freundschaft gekittet werden? Hätte Diane das gewollt? Ganz gleich, wie die Antworten auf diese Fragen lauteten, er hatte seinen Glauben, und nur der hielt ihn am Leben. Also lief er weiter. Er hastete hinter seinem Freund durch den Wald, obwohl er ihn nicht einholen konnte.

Roméo schien nichts von seiner Kraft eingebüßt zu haben. Er lief und lief und wurde nicht müde. Kurz glaubte Albin ihn in der Finsternis des Waldes verloren zu haben. Doch gleich darauf blieb der Medizinmann auf der Kuppe eines Hügels stehen, ein ganzes Stück voraus, an einer Stelle, wo der Mond funkelte wie tausend Lichter.

Nein, nicht der Mond. Etwas anderes. Ein anderer Himmelskörper. Ein warmes Licht strahlte vom Hügel herab, fiel zwischen die Bäume, warf Schatten in alle Richtungen. Albin ging keuchend in die Hocke und starrte, er konnte nicht anders, direkt in das Licht: voller Leben und so sanft. Der Stern durchdrang den Priester mit seinem Leuchten und erfüllte ihn bis ins Innerste mit tiefem Frieden. Albin richtete sich auf und schritt feierlich, fast schon schwebend voran, ganz so, als hätte dieses göttliche Licht ihn von seinen schmerzenden Knochen erlöst. Als er nach einer Weile endlich beim Medizinmann ankam, sank er auf die Knie, faltete die Hände vor der Brust und begann zu beten.

»Ist das nicht wundervoll!«, sagte Roméo mit einem seligen Lächeln.

»Aber ... Was ist das? Ein Engel?«

»Es kommt aus der Himmelswelt. Vorhin ist es zwischen die Bäume gefallen.«

Der alte Priester starrte auf das Licht, als hoffte er, es käme von ihr.

»Diane ...«

»Ich glaube nicht, dass sie es ist, aber es ist sicher eine Botschaft«, sagte Roméo mit einem Lächeln.

Schritt für Schritt näherte sich der Medizinmann der Lichtquelle, die vor ihm in der Luft schwebte. Albin beobachtete ihn, zögerte kurz und beschloss dann, aufzustehen und ihm zu folgen, nah, ganz nah heran. Das Licht war stark, blendete ihn aber nicht. Albin spürte, wie eine sanfte Wärme ihn umhüllte, ihn wiegte wie eine Mutter ihren Säugling.

Das war ... eine richtige kleine Sonne.

»Woher wusstest du davon?«, fragte Albin.

»Ich habe es geträumt. Du nicht?«

Kurz flackerte Spott in den Augen des alten Schamanen auf, aber sein Lächeln blieb schelmisch.

»Du weißt doch, dass mir diese Welt fremd ist, Méo. Was ist das?«

»Die Hoffnung. Gerechtigkeit oder Wahrheit mögen uns verwehrt bleiben, aber wir haben immer noch die Hoffnung.«

»Schickt sie uns eine Botschaft?«

Cœur-Brisé nickte.

»Ein Geschenk. Einen gemeinsamen Moment, nur für uns.«

»Was sie zu Lebzeiten nicht geschafft hat«, murmelte Albin.

Roméo streckte die Hand aus und schloss sie vorsichtig, einen Finger nach dem anderen, um die kleine Lichtquelle, die auf der Stelle erlosch. In seiner Handfläche blieb ein schwaches Glimmen zurück, eine schimmernde Perle, die an einer Kette aus geflochtenem Süßgras hing. Ein Amulett. Der alte Roméo drehte sich um, stapfte auf den Priester zu, breitete die Hände aus und umarmte ihn innig. Die beiden Alten standen da, an diesem Ort, allein im Wald, und weinten gemeinsam im leisen Mondlicht. Für den Priester mochte es sich um einen Engel oder ein Zeichen Gottes handeln. Für Roméo Cœur-Brisé war es ein Licht. So wie seine kleine Schwester Diane, ein Licht in der Tiefe der Nacht.

Das reichte ihm.

Kapitel 4

Powwow

Jakob Paul betrachtete schon seit einer Viertelstunde die Porträts in der Eingangshalle des Reservatsrats, die ausnahmslos Chef Saint-Ours zeigten, als die Muse all dieser künstlerischen Ambitionen den vorigen Besucher endlich aus dem Büro entließ. Kaum erblickte der Chef Jakob, fraß sich ein Grinsen auf seinen Zügen fest. Mit einer brüsken Bewegung der linken Pranke lud er ihn in seine Höhle ein.

»Also, mein Swimmingpool, Erstbefüllung und Wartung – Interesse, das wieder zu machen?«, fragte der Chef.

»Klar«, antwortete Jakob. »Selber Tarif wie letztes Jahr?«

Der Chef zögerte, verzog kurz das Gesicht, nickte dann.

»Ich sag dir aber gleich: Dieses Jahr wartest du nicht bis zum Nationalfeiertag, um das Ding zu befüllen. Am 21. Juni kommen wichtige Gäste. Also mach mir nicht den Tooktoo, haben wir uns verstanden?«

Jakob wusste zwar, dass der derzeitige Chef die Familie Tooktoo abgrundtief hasste, aber den Spruch hörte er zum ersten Mal. Er fand ihn genauso unsinnig wie die internen Grabenkämpfe, die seit grauer Vorzeit in Kitchike ausgefochten wurden. Jakob mochte die politische Schlagseite nicht, die das Gespräch bekam, deshalb wollte er aufstehen und gehen, bevor der Chef seine übliche Litanei anstimmte. Doch leider hatte sich seine Zunge bereits ungefragt in Gang gesetzt:

»Ach komm! Nur nicht alle in einen Topf werfen, Chef. Die kleine Sophie von der Tanke ist gar nicht so übel ...«

Der Chef legte Jakob eine große Pranke auf die Schulter und drückte ihn tiefer auf seinen Stuhl. Dann wurden die Augen von Saint-Ours zu Abgründen, und sein Maul klaffte weit auf:

»Lang, lang ist's her ...«

*

Lang, lang ist's her, da fanden im Indianerreservat von Kitchike in der Provinz Québec große volkstümliche Feste statt. Damals nannte man das Powwow, aber eigentlich handelte es sich eher um sportliche Wettbewerbe im Kostüm. Jedes Jahr kamen die Krieger aus den umliegenden Reservaten zusammen, all die tapferen Männer aus Bersimis, Pointe-Bleue, Village-Huron und Caughnawaga, um am Großen Lénest-Powwow von Kitchike teilzunehmen. Die Schnellsten, Stärksten und Geschicktesten traten bei den ehrenvollsten Indianer-Wettkämpfen der Provinz an: Fuchsschießen, Schneeschuhflechten, Kanurennen und natürlich Balztanz für die jungen Schönheiten mit Federschmuck. Unsere Mädels waren aber auch absolute Prachtexemplare, das muss man schon sagen. Ich weiß nicht, ob es da eine Verbindung gab, aber auf dem Höhepunkt der Hippie-Jahre standen Fransenkleidchen hoch im Kurs, Federn wie auf den alten Yum-Yum-Chipstüten und falsche schwarze Pocahontas-Zöpfe. Miniröcke, Lederfransen, das war damals in. Um Touristen anzuziehen, mussten wir halt den Klischees entsprechen, die uns die Weißen gern überstülpen, wir wollten ja unser täglich Brot verdienen, und Butter drauf vielleicht auch noch. Aber ehrlich gesagt, was den Aufzug der Fräuleins betraf, hat sich kein Krieger je über ihren Anblick beklagt. Es war Kitsch, aber sexy. Und die Mädels aus dem Reservat, die Prachtmädels aus dem Reservat taten auch nichts lieber, als vor den versammelten Kriegern herumzustolzieren, ihre Fransen zu schütteln und zu johlen.

In Kitchike gab es aber einen Mann, bei dem die jungen Frauen nicht außer sich gerieten. Einen Mann, den sie nie anschauten, nie bemerkten: Noé, die Bohnenstange mit der Problemblase.

Der Legende nach konnte er keine halbe Stunde durchhalten, ohne eine Stange Wasser wegzubringen. Trank nie mehr als ein großes Glas Wasser pro Tag – im Sommer –, gerade genug, um unter der staubigen Sonne des Reservats nicht auszutrocknen. Viel gegessen hat er auch nicht. Genauso wenig Appetit wie Sex-Appeal. Nicht dass er besonders hässlich gewesen wäre, der große Noé. Es war eher so, dass die schwindelerregende Senkrechte dieses Körpers sich aus seinen Socken bis in ungeahnte Höhen zu erheben schien, ohne das geringste bisschen Muskelmasse. Die Art Mann, den kleine Kinder mit Steinchen bewerfen, wenn er grad nicht guckt. Das ideale Opfer für den rüden Humor von Big Chef Tooktoo.

Wie dem auch sei, in jenem Sommer hatte Noé beschlossen, sich zu rächen. Ein einziges Mal wollte er Big Chef Tooktoo das Maul stopfen. Die Mädels aus dem Reservat – die prachtvollen Mädels aus dem Reservat mit ihren falschen Zöpfen, ihren echten Federn und ihren lederverschnürten kleinen Brüsten – sollten ihn sehen, ihn bewundern, ihn begehren. Noé wollte bei dem ehrenvollsten und beeindruckendsten aller Wettkämpfe für starke Männer antreten: beim Wettlauf der Träger. Und damit ist nicht das Umtragen beim Kanurennen gemeint. Auch nicht der Wettbewerb, bei dem man mit einem Riemen um die Stirn einen Sandsack hochheben musste. Nein, ich meine die strapaziöseste Extremsportart aus dem hintersten Winkel der Reservate, eine Kombination der zuvor erwähnten Disziplinen: der Wettlauf der Träger. Riemen um die Stirn, Sandsack auf dem Rücken, sechzig Meter von der Start- bis zur Ziellinie, ein einziger Sieger. Denn der zweite Platz ist ein Trostpreis, mit dem du dich alleine trösten kannst. Es kann nur einen Geronimo geben.

Also machte es Noé wie alle versammelten Krieger. Aufwärmen, Dehnen, Sandsack wiegen lassen. Bevor er sich mit an die Startlinie stellte, verschwand er auf die Toilette. Keiner war überrascht: Problemblase. Die anderen Krieger wurden eine Spur ungeduldig, das Publikum ließ ihn bei seiner Rückkehr spüren, dass man genervt war, aber Noé stand brav mit den anderen an der Linie, als der Startschuss fiel. Mit neunzig Kilo auf dem Rücken und dem Riemen um die Stirn liefen und liefen die Krieger die regulären sechzig Meter Strecke. Wider Erwarten raste Noé los, so pfeilschnell, als spürten seine Beine das Gewicht des Sandsacks nicht. Noé lief und lief. Und siegte! Noé, die Bohnenstange mit der Problemblase, gewann die erste Ausscheidung! Das Publikum war baff. Erst leise, dann immer beherzter erhob sich Applaus unter den völlig faszinierten Zuschauerinnen und Zuschauern.

Dann kam das Halbfinale. Noé machte es wie alle versammelten Krieger aus Bersimis, Pointe-Bleue, Village-Huron und Caughnawaga. Aufwärmen, Dehnen, Sandsack wiegen lassen. Und bevor er sich mit an die Startlinie stellte, verschwand er wieder auf die Toilette. Problemblase. Bei seiner Rückkehr erwartete ihn eine ganz andere Reaktion. Die Mädels aus dem Reservat – die Prachtmädels aus dem Reservat mit ihren falschen Zöpfen, ihren echten Federn und ihren lederverschnürten kleinen Brüsten – bejubelten ihn. Zum ersten Mal in seinem Leben wurde der Bohnenstange das Geheul der Menge zuteil, die Schlachtrufe der jungen Schönheiten im sexy Indianerdress:

»Noé! Noé! Noé! Wouwouwouwou! Noé! Noé! Noé! Wouwouwouwou!«, schrien sie und trommelten mit der Hand auf ihre geschürzten Lippen.

Big Chef Tooktoo gab den Startschuss, und die Männer nahmen die Beine in die Hand, Sandsack am Riemen, Schweißbach in der Poritze. Einhundertachtzig Kilo Sand an einem Klappergestell, das auf Mokassins eine Sechzig-Meter-Strecke aus gestampftem Erdboden laufen musste – ganz schön heftig für eine Bohnenstange aus dem hintersten Winkel des Reservats. Die Konkurrenten rackerten sich noch weiter hinten ab, während Noé längst die Ziellinie als Sieger überquerte. Die Menge sprang tobend auf. Ein paar der jungen Schönheiten rissen sich gar ihre Lederverschnürungen runter, dabei waren Heavy-Metal-Konzerte noch gar nicht erfunden. Zum ersten Mal, seit es diese Disziplin gab, kam einer von hier ins Finale! Selbst dem Big Chef blieb nichts anderes übrig, als diesen Sieg zu einem Wendepunkt in der Geschichte des Großen Lénest-Powwows von Kitchike zu erklären. Noé gehörte weder zu seiner Familie noch zu seinen Fans, er stand nicht mal auf seiner Seite, aber er stammte aus seinem Reservat, da griff der Big Chef schnell mal ein bisschen was vom Ruhm ab. Mit Bescheidenheit kommt man nicht weit. Den Spruch hatte zwar nicht Tooktoo erfunden, aber so dreist, wie er war, hätte er das auch noch behauptet, ohne eine Miene zu verziehen.

Zum Finale war die Menge auf den Rängen zu beiden Seiten der Strecke nicht mehr zu halten. Die Sensation hatte sich im Nu herumgesprochen, das kriegen wirklich nur wir Kitchikeraner so hin. Innerhalb von Minuten waren alle Plätze besetzt. Das ganze Reservat war gekommen, um seinen neuen Helden zu feiern. Tooktoo hielt flammende Reden, unterstrich die Kraft, Beweglichkeit, Tapferkeit und Beharrlichkeit des neuen Lieblings von ganz Kitchike. Wie er der Menge anvertraute, hatte er den jungen Noé schon immer bewundert und stets diskret unterstützt, weit entfernt davon, ihn zu verachten wie alle anderen. Noé war mehr als ein Mitbürger, mehr als ein Vorbild, Noé war sein Bruder, seine Inspiration!

»Noé! Noé! Noé! Wouwouwouwou! Noé! Noé! Noé! Wouwouwouwou!«

Noé bereitete sich auf das Finale vor wie alle versammelten Krieger aus Bersimis, Pointe-Bleue, Village-Huron und Caughnawaga. Aufwärmen, Dehnen, Sandsack wiegen lassen, dreihundert Kilo diesmal, dann verschwand er wieder auf die Toilette.

»Noé! Noé! Noé! Wouwouwouwou! Noé! Noé! Noé! Wouwouwouwou!«

Noé stellte sich an die Startlinie, neben die anderen versammelten Krieger, und konzentrierte sich auf die sechzig Meter, die er zu bewältigen hatte. Der Big Chef gebot Schweigen, dann knallte der Startschuss. Wild entschlossen versuchten die Krieger, immer größere Schritte zu machen, aber Noé war ihnen schon weit voraus.

»Noé! Noé! Noé! Wouwouwouwou! Noé! Noé! Noé! Wouwouwouwou!«

Noé lief und lief und beschleunigte sogar noch, als würde die Last auf seinem Rücken immer leichter. Noé lief und lief und lachte.

»Noé! Noé! Noé! Wouwouwouwou! Noé! Noé! Noé! Wouwouwouwou!«

Das Kriegsgeheul der jungen Schönheiten im sexy Indianerdress erschlaffte und erlosch schließlich in absoluter Fassungslosigkeit. Noé lief und lief und lief. Und aus seinem zerrissenen Sack segelten Gras, Blätter und Stroh ... alles Mögliche, nur kein Sand!

Die Bohnenstange mit der Problemblase hatte es gewagt. Noé hatte gemogelt. Er hatte dem großen Mummenschanz öffentlich eine lange Nase gedreht, den jungen Schönheiten im sexy Indianerdress, die ihn nie eines Blickes gewürdigt hatten, und vor allem Big Chef Tooktoo, der längst gedemütigt abgezogen war. Die Mädels aus dem Reservat aber, die versammelten Krieger, die Menge aus Kitchike und aus den umliegenden Reservaten, ja, selbst die exotiksüchtigen weißen Touristen liefen und liefen hinter Noé her, der lachend die Flucht ergriff.

Erst am nächsten Morgen fand man den Sandsack, den echten, auf einem der Klos.

Und in diesem Jahr verlor der Powwow von Kitchike seinen Sponsor, den Nahrungsmittelkonzern Lénest.

*

»Ich versteh nicht, worauf Sie mit Ihrer Anekdote hinauswollen, Chef Saint-Ours. Was ist die Moral von der Geschicht?«

»Die große Bohnenstange Noé ist mein Onkel. Er war der Erste, der Big Chef Tooktoo bis auf die Knochen blamiert hat. Der Erste, der ihn öffentlich herausgefordert hat. Das haben ihm einige übel genommen, denn hinterher war es nicht leicht für uns. Keine Arbeit, kein Bauland, kein gar nichts. Wir waren Geächtete. Aber ich hab nach vorn geschaut. Es war eine erste Bresche in der Tyrannei der Tooktoo. In dem Moment hab ich begriffen, dass der Big Chef stürzen konnte, dass es möglich war. Vielleicht würde es dauern, wenn nötig Jahrzehnte, aber er würde stürzen. Ich würde uns vom Joch der Tooktoos befreien, wie mein Vater vor mir.«

Jakob sagte nichts.

Keiner verdarb dem Chef gern die Laune. Womöglich war das schon zu Tooktoos Zeiten so gewesen. Oder zu Zeiten von Chef James Saint-Ours, dem Vater des heutigen Chefs. Wahrscheinlich war diese Zurückhaltung aber noch viel älter und stammte aus der Zeit der Indianeragenten, diesen vom Staat eingesetzten Vizekönigen, die die Wilden zähmen sollten. Jakob hatte was gegen alles Gewese und Getue, gegen große Ansprache und feuchte Aussprache. Aber die Aushilfsjobs, wie Jack Saint-Ours sie ihm anbot, kamen ihm finanziell zupass. Keine krummen Sachen: Landschaftspflege, Schneeschaufeln, Kleinkram. Statt einer schlecht dosierten Antwort, die ihm Ärger einbrachte, hielt er also lieber den Mund. Was gar nicht so leicht war, denn der Chef verfügte über die magische Fähigkeit, die schamanische Begabung, seine Worte in einen unsichtbaren Zeigefinger zu verwandeln, der einem so lange in den Bauch piekste, bis man ausspuckte, was in einem vorging.

»Kein Wort? Sag nicht, du bist einer von den Naivlingen, die immer noch glauben, das Terrorregime von Big Chef Tooktoo hätte unserer großartigen Ersten Nation auch nur das Geringste gebracht?«

»Meine Meinung? Jetzt sind Sie der Chef, Jack. Und haben die Chance, es besser zu machen als er. So wie Sie reden, dürfte das nicht schwer sein. Und jetzt, wo wir das mit Ihrem Swimmingpool geklärt haben, würd ich gern meinen anderen Job zu Ende bringen, sonst komm ich in Verzug.«

Jakob trank den letzten Schluck Kaffee, pflanzte seine Tasse auf den Schreibtisch des Chefs und nickte ihm, bevor er hinausging, noch mal zu. Keine Schnörkel, keine Verrenkungen. Nur Respekt, von Mann zu Mann.

Der Chef, allein in seinem Büro, seufzte tief.

Ich behalt dich im Auge, kleiner Nichtsnutz. Ich behalt dich im Auge …

Kapitel 5

Währenddessen, in der Stadt nebenan

Währenddessen ging in der Stadt nebenan Monsieur Zahn zu Monsieur Fleisch und wunderte sich, als er beim Betreten des Geschäfts vor der Theke eine lange Schlange sah. Ihm fiel der doch recht dunkle Teint der Kunden auf, und er schloss daraus, dass es sich um Indianer aus dem Reservat handelte. Er meinte sogar, einige seiner Patienten zu erkennen, auch wenn er sich nicht an ihre Namen erinnerte. Aber wer konnte diese Indianer schon auseinanderhalten. Sicher, sie hatten erstaunlich abwechslungsreiche Haut- und Haarfarben, aber unterm Strich sahen sie doch alle gleich aus, abgesehen vielleicht von ein paar Squaws, die durch Anmut und feine Gesichtszüge herausstachen. Doch diese seltenen Perlen, deren Schönheit beinahe an die der Québecerinnen heranreichte, sah man nicht oft. Monsieur Zahn vergewisserte sich, dass die Horde, die heute Vormittag in die Fleischerei eingefallen war, keine solche enthielt. Zum Glück war er nicht der einzige Weiße am Platze.

»Das Geschäft läuft gut«, sagte er vertraulich zu Monsieur Augen, der vor ihm wartete. »Ungewöhnlicher Andrang für einen Mittwochmorgen.«

»Ein Fest im Reservat, da wird groß eingekauft«, antwortete Monsieur Klasse, der vor Monsieur Augen stand.

»Ah, Monsieur Klasse! Ich habe von Ihrer Pensionierung gehört. Sie vermissen die Privatschule sicher nicht. Sie sehen blendend aus, der Ruhestand scheint Ihnen gut zu bekommen!«

»Sehr liebenswürdig, Monsieur Zahn, aber es wäre mir lieber, ich würde meinen früheren Schülern nicht dauernd über den Weg laufen, wenn Sie wissen, was ich meine. Ich hatte gehofft, dass der Mittwochvormittag ein zivilisierter Zeitpunkt für meinen Wocheneinkauf wäre.«

»Ach, Sie kennen diese Leute doch genauso gut wie ich«, erwiderte Monsieur Augen. »Die kaufen zu allen möglichen Zeiten ein. Haben halt nicht viel zu tun, außer den Ellbogen heben.« Er legte den Kopf in den Nacken und tat so, als kippte er ein Gläschen auf ex.

Monsieur Klasse und Monsieur Zahn brachen auf die kleine Geste hin in schallendes Gelächter aus, so dass sich ein Teil der nicht besonders hellhäutigen Menge zu ihnen umdrehte.

»Pscht!«, machte Monsieur Pillen, der soeben hinter Monsieur Zahn eingetroffen war. »Sie wollen ja wohl nicht auf dem Nachhauseweg skalpiert werden!«

Die Herren lachten von neuem los, etwas herzhafter noch, woraufhin in dem kleinen Laden kurzfristig Stille herrschte.

»Im Ernst«, flüsterte Monsieur Pillen, »denken Sie mal darüber nach, was Ihren Enkeln auf dem Schulhof zustoßen könnte.«

Das reichte, um den Herren ein wenig Angst einzuflößen, sie reihten sich wieder brav in die Schlange ein und verfielen in Schweigen.

Als sich der Laden eine halbe Stunde später geleert hatte, waren endlich die Herren an der Reihe. Monsieur Fleisch, ganz offensichtlich bester Laune, rief mit gespielter Enttäuschung: »Tut mir leid, alles ausverkauft!«

»Sie haben gar nichts mehr?«, wunderte sich Monsieur Zahn.

»Nicht mal einen Suppenknochen!«, bestätigte Monsieur Fleisch.

»Das ist ja furchtbar!«, empörte sich Monsieur Augen. »Nichts haben die uns übriggelassen, sie haben alles geplündert wie die Wilden!«

»Sollen sie doch jagen gehen«, erzürnte sich Monsieur Klasse, »statt uns die Nahrungsmittel wegzunehmen, die unsere Bauern produzieren!«

»Pff! Dafür sind die doch viel zu faul!«, konterte Monsieur Pillen.

»Privilegiertes Pack!«

»Profiteure!«

»Alles von unseren Steuern!«

»Schluss mit dem Gequatsche, die Herren!«, schaltete sich Monsieur Fleisch ein. »Langsam wird's unschön.«

Monsieur Fleisch strich sich die Schnurrbartspitzen glatt und wartete, bis die anderen sich wieder beruhigt hatten.

»Ich weiß ja auch nicht, wo die das viele Geld hernehmen«, murmelte er, »aber sie zahlen gut, achten nicht auf Sonderangebote, und Vegetarier gibt es im Reservat auch keine. Ohne die könnte ich dichtmachen. Und wenn ich mich nicht irre, gilt das für Sie alle.«

Die vier Herren zögerten kurz, wechselten ein paar schnelle Blicke, und dann sagte Monsieur Augen: »Na und! Trotzdem alles Profiteure! Die zahlen ja nicht mal die Privatschule.«

»Das stimmt nicht ganz«, korrigierte ihn Monsieur Klasse. »Das Amt für Indianerangelegenheiten kürzt seit Jahren seine Zuschüsse zum Schulgeld. Aber die Zahnzusatzversicherung haben sie immer noch!«

»Ach, das waren noch Zeiten, als wir pro gezogenem Zahn bezahlt wurden. Da konnten wir denen umso besser ihre Dritten verkaufen. Aber das ist längst Geschichte«, seufzte Monsieur Zahn. »Allerdings zahlt ihnen die Regierung immer eine neue Brille, ganz gleich, wie oft sie ihre kaputtmachen!«

»Die Rückerstattung für Optikerrechnungen, Brillengestelle und -gläser ist in Wahrheit wesentlich komplexer«, führte Monsieur Augen den Gedanken fort. »Aber für ihre Medikamente geben sie weiterhin keinen Cent aus!«

»Ha! Sie würden sich wundern!«, widersprach Monsieur Pillen. »Ottawa hat schon vor einer halben Ewigkeit das Budget zusammengestrichen. Seitdem können wir ihnen nicht mehr die kostspieligsten Arzneimittel unterjubeln. Wir müssen ihnen Generika verschreiben!«

»Wenn ich es recht verstehe«, schloss Monsieur Fleisch, »sind diese Profiteure also gar nicht so privilegiert. Unterm Strich sind eher Sie es, die von der Großzügigkeit Ottawas profitieren.«

Bevor der eine oder andere der Herren zu einer Entgegnung ansetzen konnte, öffnete sich die Ladentür mit einem Quietschen, und ein ganz kleiner Indianer betrat den Laden. Monsieur Zahn, Monsieur Augen und Monsieur Pillen erkannten auf Anhieb den kleinen Waso. Wie ganz Kitchike gehörte auch er zu ihren Patienten. Genauer gesagt erkannten sie nicht so sehr den kleinen Waso, sondern die riesige Narbe, die sein Gesicht vom Kinn bis zum rechten Auge entstellte.

»Husch, husch, Waso!«, sagte Monsieur Zahn. »Du hast hier nichts zu suchen.«

»Mama hat gesagt, sie braucht Hackfleisch, für Burger für Waso«, sagte der Kleine sichtlich enttäuscht.

»Deine Leute waren hier und haben nichts übrig gelassen. Also seid ihr selbst schuld«, sagte Monsieur Klasse.

»Wasos Mama nicht schuld«, sagte der Junge. »Wasos Mama nicht bei Monsieur Fleisch.«

»Wohl wahr. Tja, warum ist deine Mutter denn nicht selbst gekommen, um ihre Einkäufe zu erledigen, statt sich zu betrinken?«, fragte Monsieur Augen und hob den Ellbogen.

»Mama trinkt nicht, Mama arbeitet hart. In der Tanke!«, antwortete Waso böse.

»Dann muss Waso wohl selber sein Hackfleisch jagen«, sagte Monsieur Pillen. »Ein kleiner Krieger wie du müsste doch mit Pfeil und Bogen umgehen können!«

Die Augen des kleinen Waso wurden rot und füllten sich mit Tränen. Bevor er ging, drehte er sich noch einmal um und sagte traurig: »Mama sagt, gibt nichts mehr zu jagen in Kitchike. Weiße haben Wald weggemacht, für Kühe für Burger.«

Kapitel 6

»Chez Alphonse Gaz Bar«

Fünf vor zwölf in der Old Town. Schnell noch Eyeliner drauf, einen Hauch Rouge auf die Wangen, ein Biss auf die Lippen, damit sie schön leuchten: Die Sonntagskundschaft von Alphonses Tanke mit dem schönen Namen »Chez Alphonse Gaz Bar« kann kommen. Ich hieve meinen süßen kleinen Popo auf den wackeligen Barhocker hinter der Theke und warte auf die Deserteure, die sich schon während der Eucharistie davongeschlichen haben. Die Hirten der heiligen Herde kündigen die baldige Ankunft der frommen alten Leutchen an. Wie jeden Sonntag werden sie gleich nach der Messe in die Tanke einfallen.

Solang die Gräser sprießen
Solang die Flüsse fließen
kommt sonntags zu Alphonse
die Messe zu beschließen.

Als würde der Missionar das Woche für Woche von der Kanzel predigen. Tut er natürlich nicht, schon klar. Würde aber aufs Gleiche rauslaufen. Ich kann mich jedenfalls nicht beklagen. Das ist das Highlight meiner Woche. Tausendmal besser als die Spätschicht, die ich früher hatte. Da musste ich mich jeden Abend kurz vor Ladenschluss mit den Alkis rumschlagen, die ein letztes Bier kaufen wollen, aber total abgebrannt sind. »Ich zahl nächste Woche, Lydia, versprochen!« Wenn ich Glück hatte. Wenn ich Pech hatte: »Ich könnte auch in Naturalien bezahlen, Mademoiselle Yaskawish!«, gefolgt von einem dreckigen Lachen.

Da sind mir die angegrauten Gottesdienstbesucher tausendmal lieber. Vor allem, wenn ich mit Madame Paul arbeite.

»Ein knallroter Pick-up mit Doppelkabine nähert sich der Zapfsäule zwo, vermutlich ein F150-XLT. Funkelnagelneu. Und auf dem Fahrersitz ... Madame Gisèle Wabush!«

Madame Paul ist die Dienstälteste hier. Gerüchteweise hat der Gründer der Tanke, der Patriarch Alphonse, sie höchstpersönlich eingestellt. Ich glaub, das war Max' Urgroßvater. Max ist der jetzige Besitzer, ein richtiger Hingucker, alle weiblichen Angestellten sind ihm hoffnungslos verfallen. Sicher bin ich mir nicht, er ist vor der Geburt meiner Mutter gestorben. Alphonse natürlich, nicht Max. Wie auch immer, das zeigt jedenfalls, wie lange Madame Paul durchgehalten hat. Und wie loyal sie ist, so was findet man heute nur noch selten. Super ist auch, dass sie zu wirklich jedem Bewohner des Reservats eine Geschichte zu erzählen hat. Für sie ist jeder Mensch, der in die Tanke kommt, ein eigenes, zu entdeckendes Universum.

»Madame Wabushs neuer fahrbarer Untersatz mit Allradantrieb ist ein Ford, sie setzt also auf klassische Werte. Wir möchten ihr herzlich zu dieser Anschaffung gratulieren. Erinnern wir uns, ihr Urgroßvater, Simon Wabush, hat sich als Erster in Kitchike ein Automobil mit Benzinmotor zugelegt. Eine feuerrote *Tin Lizzie* von Henry Ford. Man merkt gleich, die Familie Wabush legt Wert auf Tradition!«

Am Fenster reckt Madame Paul den Daumen hoch: Es geht los. Jedes Mal, wenn wir zusammen arbeiten, spielen wir dieses kleine Spiel. Sie bezieht Posten am Fenster und kommentiert die Ankunft jedes Kunden, als wären wir bei den Oscars auf dem roten Teppich. Wenn nicht viel los ist, übernehm ich die Rolle der Ko-Kommentatorin. Mit Madame Paul wirds jedenfalls nie langweilig.

»Oh! Madame Wabush bekommt Konkurrenz. Bei diesem schönen Wetter auf zwei Beinen unterwegs, niemand anderes als Jean-Paul Paul Jean-Pierre! Die Augenringe und hängenden Schultern lassen allerdings vermuten, dass er letzte Nacht nicht viel Schlaf gekriegt hat.«

Ich recke den Hals in Richtung Fenster, um mir selbst ein Bild zu machen, und werfe ein: »An seinem Geruch werden wir erkennen, ob er die Nacht durchgesoffen oder in seiner Werkstatt Schneeschuhe geflochten hat.«

Madame Pauls Augen hinter den Brillengläsern blitzen. Nichts liebt sie mehr, als wenn ich noch eins draufsetze. Sie schnappt sich einen Zwei-Dollar-Lutscher aus dem Bonbonregal und hält ihn sich wie ein Mikro vor den Mund.

»Wer glaubt, sein Vater hätte sich mit dem Namen einen schlechten Scherz erlaubt, möge sich in Erinnerung rufen, dass sein alter Herr den Namen Pierre-Paul Jean-Pierre trug und dessen Vater wiederum Pierre-Jean Jean-Pierre hieß. Also beglückwünschen wir lieber Jean-Paul dazu, dass er den Teufelskreis fragwürdiger christlicher Vornamen durchbrochen und seinen Kindern durch und durch heidnische Namen gegeben hat!«

Da keine Kunden da sind, brechen wir ungeniert in lautes Gelächter aus.

Madame Paul ist heute Morgen in Topform. Der arme Jean-Paul. Ich weiß noch, irgendwann hatte ich mit ein paar Freundinnen ein Grundsatzgespräch über seinen Fall. Da er im Reservat einer der wenigen Typen ohne Spitznamen ist, wollten wir ihm unbedingt einen verpassen. Geneviève Saint-Ours schlug »der Mann mit den drei Vornamen« vor, aber Sophie war dagegen. Schließlich sind zwei seiner Namen zusammengesetzt und können daher auch wieder zerlegt werden, deshalb fand sie, er müsse korrekterweise »der Mann mit den fünf Vornamen« heißen. Drei Slush-Eis und zwei Tüten Chips später hatten wir uns auf »der Mann mit den drei bis fünf Vornamen« geeinigt. Allerdings hat sich der Spitzname nie durchgesetzt. Das ist nicht weiter verwunderlich, wenn man bedenkt, dass Spitznamen die Leute eindeutig benennen, aber auch Spucke sparen sollen.

Ich komme kaum dazu, Jean-Paul hallo zu sagen, da entdeckt meine Kollegin von ihrem Ausguck einen weiteren Neuankömmling: »Meine Damen und Herren, mit Holzfällerbluse und einem glamourösen Retrodeckel aus rotem Filz, vermutlich ein Direktimport aus den Vierzigerjahren, Madame Yvette Saint-Ours! Heute in Begleitung ihrer Nichte Geneviève, einer eigentlich hoch geschätzten Kollegin, mit der ich allerdings seit fast zwei Monaten nicht mehr die Ehre hatte. Trotzdem möchte ich Geneviève zu ihrem neuen

Kleid gratulieren, das sich durch klassische Eleganz auszeichnet, auch wenn sie in Kitchike nicht oft die Gelegenheit haben wird, es auszuführen.«

Hinterm Chipsregal beömmelt sich Jean-Paul. Madame Paul tut nicht mal mehr so, als würde sie sich in Gegenwart der Kunden zurückhalten. Je älter man wird, desto weniger muss man sich offenbar am Riemen reißen. Ich genieß die Situation und den ruhigen Moment, weil, wenn erst mal die Deserteure einfallen, gehts in der Tanke rund.

»Verkauft ihr Wasserflaschen eigentlich auch im Sixpack?«, fragt Madame Wabush.

Madame Paul verneint. Getränke im Sixpack zu verkaufen, lohnt sich nicht, außer bei Bier. Davon abgesehen wäre mir neu, dass Madame Wabush Wasser trinkt.

»Für mich dasselbe«, verkündet Jean Paul und stellt eine Wasserflasche auf die Theke.

Madame Paul scheint nichts unnormal daran zu finden, sie macht einfach weiter mit ihrer Show: »Und wer steigt da aus ihrem nicht mehr ganz taufrischen rostfarbenen Pontiac Sunfire? Niemand anderes als die junge Madame Cœur-Brisé, oder, wie unser werter Reservatschef sagen würde, Jac-que-li-ne! Zum Glück hat sie ihre Schar kleiner Monster im Auto gelassen.«

Sie wirkt enttäuscht, dass ich auf ihre letzte Ankündigung nicht reagiere, aber ich will rausfinden, warum zum Henker auf einmal alle auf Flaschenwasser abfahren.

»Wahrscheinlich mal wieder ein Rohrbruch. Jedenfalls kommt das Wasser braun aus dem Hahn und stinkt eklig«, erklärt Madame Wabush.

»Wahrscheinlich bleibt uns nichts anderes übrig, als die rote Linie zu überqueren und den Schritt in die Stadt zu wagen«, wirft Jean-Paul mit feierlichem Ernst ein.

Keine Ahnung, ob er einen Scherz machen will oder ob er überzeugt ist, was Gewichtiges zum Gespräch beizutragen.

Zum Glück kommt in dem Moment Madame Yvette zum Tresen und erlöst uns von dem peinlichen Schweigen. Heute versprüht sie allerdings nicht die gewohnte Lebensfreude. Ihr Kopf sitzt so tief zwischen den Schultern, dass ich fast glaube, sie hat ihren Hals in der Kirche vergessen. Sie bittet mich um ihre allwöchentliche Schachtel Menthol-Sargnägel, ohne mich eines Blickes zu würdigen, und schiebt mir das Geld mit unsicherer, fast schon zittriger Hand herüber. Ich hab genug Manieren, um eine alte Frau nicht mit einer direkten Frage zu belästigen, aber ich werfe Geneviève neben ihr einen fragenden Blick zu. Bevor Geneviève ruck, zuck abdampft, formt sie lautlos ein paar Worte, die ich von ihren Lippen ablesen muss: »Catherine ist verschwunden.«

Catherine? Welche Catherine?

Catherine ist zwar nicht gerade der häufigste Name im Reservat, trotzdem fallen mir auf die Schnelle mindestens fünf ein. Mir läuft es kalt den Rücken runter. Wenn ein Mädchen oder eine Frau verschwindet, ist das selten ein gutes Zeichen. Verschwindet ein Typ, heißt das normalerweise nur, dass er seinen Lohn in der Stadt versäuft. Früher oder später kommt er eh wieder angekrochen. Aber bei einer Frau ...

Ich verscheuche die düsteren Gedanken.

Nicht der richtige Moment, das Hamsterrad im Kopf anzuschmeißen, wenn die Tanke sich mit Junkies füllt, die Kippen, Benzin oder Süßkram wollen. Natürlich wird weiter jede Ankunft mit großem Tamtam angekündigt.

»Sieh mal einer an! Pierre Wabush hat seine Jogginghose gegen einen schwarzen Anzug getauscht, in dem er gefährlich sexy aussieht. Na, der Apfel fällt nicht weit vom Stamm, sein Vater hatte auch ne wilde Jugend ... Gefolgt von Madame Elizabeth Poker ... Ach nee, ich dachte, die wäre längst über alle Berge. Wollte sie nicht zurück in den Norden? Ein wahres Wunder, dass sie sich dazu herablässt, unsere bescheidene Tanke zu betreten!«

Ich sehe Madame Paul mit großen Augen an. Sie grinst zurück wie ein Kind, das was ausgefressen hat. Max lässt ihr viel mehr durchgehen als uns anderen, wegen ihrem Dienstalter und ihrer Loyalität und so, aber ich bin ziemlich sicher, dass er es nicht gerne hat, wenn wir seine Kunden beleidigen.

Pierre kommt zum Tresen.

Madame Paul hat recht. Er sieht in dem Anzug wirklich verdammt sexy aus. Ich sehe schnell woanders hin, um nicht knallrot zu werden.

Er soll nicht denken, dass er mich verlegen macht, denn das stimmt einfach nicht.

Mit Pierre Wabush habe ich auch so ein kleines Spiel. Eine andere Art von Spiel als mit Madame Paul. Tagsüber sind wir flüchtige Bekannte, wir winken uns aus der Ferne zu oder ignorieren uns. Aber von Zeit zu Zeit, in einsamen Nächten, wenn wir beide gerade niemanden in unserem Leben haben, leisten wir einander Gesellschaft. Jetzt ist allerdings helllichter Tag, also befolge ich die Spielregeln und ignoriere ihn.

»Wo kommen denn die ganzen *frogs* in der Stadthalle her?«, fragt er und ignoriert mich ebenso. »Habt ihr die gesehen?«

»*Frogs*? Ach so, du meinst die Frenchies? Die sind auf Einladung von Édouard und seinen Pfingstlern hier«, erklärt Jacqueline. »Die feiern zusammen Gottesdienst.«

»Alles in Deckung! Die kriegen Verstärkung für ihre Missionsarbeit«, murmelt Pierre. »Wahrscheinlich ziehen die demnächst hier im Reservat von Tür zu Tür.«

»Quatsch. So ist Édouard nicht«, ranzt Jacqueline ihn an. »Ich habe jedenfalls mehr Angst vor den vielen Mücken, die mit einem Mal aufgetaucht sind.«

»Ja, das ist wirklich komisch«, murmelt Elizabeth. »Vor ein paar Tagen sind die Hasen und Eichhörnchen aus dem Wald geflohen, und jetzt kommen die Mücken! Ich hoffe nur, dass den Wildgänsen nichts passiert.«

»Ach, die Mücken! Das ist nichts im Vergleich zur Invasion der schwarzen Löcher«, quatscht Jean-Paul dazwischen und wirft lässig eine Handvoll Chips mit Barbecue-Geschmack ein.

Er hat wirklich ein Talent dafür, ein Gespräch abzuwürgen.

Mir passt das gut in den Kram, denn jetzt kommen die alten Leutchen schneller hereingeströmt, als Madame Paul sie ansagen kann, und ich habe keine Zeit mehr für Spielchen. Innerhalb von Minuten ist die Tanke rappelvoll mit entzückenden alten Damen, die sich bester Laune erfreuen. Ich muss lächeln und geduldig sein, aber das macht mir nichts aus. Im Gegenteil, es tut mir gut. Ich mag die alten Damen. Sie kommen nicht oft vor die Tür. Der sonntägliche Kirchgang dient nicht nur der religiösen Erbauung, sondern beschert ihnen ein Sozialleben, von dem sie den Rest der Woche zehren. Und nebenbei können sie ihren neuen Hut zur Schau stellen und sich das Maul zerreißen über die Aufmachung der weniger vom Schicksal Verwöhnten, die ehrlich gesagt in der Mehrheit sind. Und obwohl die alten Damen ihre Macken haben und wirklich viel tratschen, haben sie ein gutes Herz. Ich hoffe, dass ich auch mal so werde. So alt meine ich. Nicht so fromm.

Während ich die Liebenswürdigkeit und das versonnene Lächeln der alten Damen genieße, wedelt Madame Paul am Fenster hektisch mit den Armen. Ich mache ihr ein Zeichen, dass ich nicht von der Kasse wegkann, aber sie will mich nicht verstehen, zieht weiter Grimassen und bekreuzigt sich überdeutlich.

Die Tür zur Tanke öffnet sich knarzend und in Zeitlupe, wie die Saloontür in einem Western. Alle Anwesenden verstummen und erstarren in surrealer Reglosigkeit. Pfarrer Labelle kommt in seinem Zelt von Soutane zur Tür hereingerauscht und durchquert mit klackernden Absätzen den Raum. Der Elefant im Porzellanladen. Gar nicht mal so abwegig, seine Stola sieht aus wie ein Rüssel. Das Dreifachkinn schwappt ihm über den römischen Kragen, während er das versteinerte Gesicht jedem Anwesenden einzeln zuwendet und das Opfer mit seinen Glubschaugen von Kopf bis Fuß mustert. Die Stimmung kühlt sich merklich ab. Der Pfarrer erfreut sich nicht bester Laune, so viel ist sicher. Und wenn der Herr Pfarrer keine gute Laune hat, hast du besser auch keine.

»Wer?«, stößt er zwischen schmalen Lippen hervor, die fast unter seinen Hängebacken verschwinden. »Wer hat es gewagt?«

Niemand sagt ein Wort. Niemand rührt sich. Niemand wagt zu antworten, weil das irgendwie unpassend wäre. Und weil niemand weiß, wovon er redet, ich inbegriffen. Das Schweigen zieht sich, dauert einen Moment und dann noch einen. Lange nachdem es unerträglich geworden ist, erinnert sich Madame Paul an ihre Aufgabe: »Monsieur Yvan Labelle, Veteran der Missionsarbeit im Kongo und in Zentralchina und Gemeindepfarrer von Sankt-Gabriel-von-Kitchike! Herr Pfarrer, Ihre versammelten Schäfchen würden Ihren Wissensdurst wirklich nur zu gern stillen. Wenn Sie Ihre Frage also ein wenig klarer formulieren könnten, so dass sie für alle verständlich ist ...«

Die alten Leutchen halten den Atem an. Die Angst im Raum ist greifbar. Alle Gläubigen beäugen Madame Paul. Wie kann sie nur in so einem Tonfall zum Herrn Pfarrer sprechen, diesem mächtigen Mann? Dazu kommt, dass Labelle nicht von der toleranten Fraktion ist. Er hat es geschafft, in Kitchike wahre Gottesfurcht zu verbreiten. Er ist ein harter Knochen, unerbittlich. Während seiner Predigten wagt es niemand, auch nur den Blick zu heben. Niemand käme je auf die Idee, rumzumeckern oder ihn zu kritisieren. Er ist erst vor acht Monaten ins Pfarrhaus eingezogen, aber schon jetzt hat er seine Herde fest im Griff. Seine Autorität ist unangefochten. Ein ganz anderer Typ als Pinault.

Seit der alte Pfarrer in den Ruhestand gegangen ist, weht ein neuer Wind. Seine Pensionierung hat eine große Lücke im Gemeindeleben hinterlassen. Wie sollte das auch anders sein, nach fünfzig Jahren. Pfarrer Pinault hat drei Generationen von Kitchikeranern die ganze Palette der Sakramente zukommen lassen, von der

Taufe bis zur letzten Ölung. Ab und zu bekommen wir ihn noch zu Gesicht, aber meistens nur bei Beerdigungen, wo er auftaucht, um einem »seiner« Leute die letzte Ehre zu erweisen. Immer in Zivil: keine Soutane, keine Stola, kein römischer Kragen mehr für Pfarrer Pinault. Oder besser gesagt, *Monsieur* Pinault. Einen neuen Missionar zu finden, war nicht leicht. Wie auch? Missionare sind wie wir, eine vom Aussterben bedrohte Art. Trotzdem hat Kitchike als Mission im Vergleich zu den Nachbargemeinden einen großen Vorteil. Der Bischof will seine Schäfchen auf keinen Fall an die Traditionalisten oder, schlimmer noch, an die Pfingstler verlieren. Deshalb lässt er dem Auswahlkomitee der Mission freie Hand bei der Besetzung des Postens. Und unsere Ältesten haben hohe Ansprüche. In fünf Jahren haben sich vier Pfarrer die Klinke in die Hand gegeben. Kitchike wollte einen neuen Pinault, und es dauerte mehrere Jahre, bis die Leutchen begriffen hatten, dass der Posten vielleicht leicht zu besetzen, Pinault aber unersetzlich war. Madame Paul sagt, das hätten die Mitglieder des Auswahlkomitees mal schneller merken sollen, denn am Ende schickte das Bistum einen übereifrigen Priester, der in der Gemeinde für Zucht und Ordnung sorgen sollte. Labelle. Ein altgedienter Missionar, der auf drei Kontinenten frisch Bekehrte terrorisiert hatte, bevor er in den Schoß der Heimat zurückgekehrt war. Meinetwegen hätte er in Afrika bleiben können. Ich hasse es, wie er meine entzückenden alten Damen in Angst und Schrecken versetzt.

»Na schön«, sagt der Priester und schleppt seinen unförmigen Körper auf Madame Paul zu. »Ich werde meine Frage genauer formulieren, ganz wie es die weise Lorette Paul verlangt, Königin der Tankstelle seit Methusalem, nur einfache Worte, wie für kleine Kinder, denn anders versteht ihr es ja nicht. Wer …«, er legte eine dramatische Pause ein, »… hat Kateri aus der Kirche gestohlen?«

Diese Enthüllung versetzt die Menge in Aufruhr. Leichte Panik bricht aus. Die guten Christen tuscheln, formulieren Hypothesen, erheben Beschuldigungen, vor allem gegen Abwesende. Die ganze

Tanke steht kurz vor dem Nervenzusammenbruch. Nur ich nicht. Ich stoße einen erleichterten Seufzer aus, als ich kapiere, was Geneviève mir sagen wollte. »Kateri ist verschwunden.« Nicht Catherine. *Kateri*.

Die Statue der erst selig- und dann heiliggesprochenen Kateri Tekakwitha steht seit 1984 im Seitenschiff von Sankt-Gabriel-von-Kitchike. Einem Gerücht zufolge hat Johannes Paul II. sie bei dem großen indigenen Gottesdienst 1984 in Sainte-Anne-de-Beaupré höchstpersönlich gesegnet. Sie ist der Stolz der ganzen Mission, ein bisschen so wie die Maskottchen der Universitätsmannschaften in den Staaten. Wenn es in Kitchike ein ungeschriebenes Gesetz gibt, das alle kennen, dann: Pfoten weg von Kateri. Fluche, so viel du willst, aber missbrauche nicht den Namen der »Lilie der Mohawks«. Und daraus folgt natürlich auch: Rühr ihre Statue nicht an. Ich habe keinen blassen Schimmer, wer es gewagt haben könnte, das Ding zu klauen, aber der Übeltäter wird nicht nur den Zorn des Pfarrers auf sich ziehen, sondern die heilige Empörung aller Katholiken von Kitchike. Ich spüre sie schon brodeln, genau hier, in unserer Tanke. Und ich kann nichts tun, um an diesem schönen Sonntag Ruhe, Ordnung und gute Laune wiederherzustellen. Der Sonntag, sonst das Sahnehäubchen meiner Woche, ist mir gründlich vermiest. Wie soll dann erst der Rest der Woche werden? Als ich gerade zu dem Schluss komme, dass es schlimmer nicht werden kann, kreischt Madame Paul los und ruft mit dem kindlichen Übermut einer knapp Siebzigjährigen einen Neuankömmling aus, dessen Aufkreuzen den finalen Showdown verspricht: »Aus seinem alten grauen Mazda, von dem im wahrsten Sinne des Wortes der Lack ab ist, steigt meine große Jugendliebe, der Hohepriester aller Heiden von Kitchike, der große, der einzige: Roméo Cœur-Brisé!«

Friedhofsstille. In der ganzen Tanke ist kein Mucks zu hören. Leck mich einer am Arsch! Das hat mir grad noch gefehlt! Meine Hand zuckt zum Telefonhörer, falls ich den Notruf wählen muss. Ich weiß nicht, welcher Blödmann den Ausspruch »Was für ein glücklicher Zufall« erfunden hat, aber er kommt garantiert nicht aus Kitchike. Mitten in den Skandal um die verschwundene Kateri, in Anwesenheit des Botschafters von Gottes Zorn und seiner Schar treuer Anhänger auf der Suche nach einem Sündenbock, platzt Roméo Cœur-Brisé, der alte Schamane von Kitchike. Wie die meisten Christen ihrer Generation haben mir meine Eltern immer erzählt, Roméo wär nur ein verrückter Alter, er hätte eine ganze Kollektion von Ahnen im Schrank, und seine Sündenliste wäre so lang, dass es sich nicht mehr lohnte, dafür um Vergebung zu bitten, er wäre viel zu weit vom Kirchturm der heiligen Wahrheit abgekommen. Ich persönlich bin der Meinung, er hat das Herz auf dem rechten Fleck. Und Madame Paul findet das auch. Jedenfalls habe ich den alten Méo noch nie schlecht über andere reden hören. Und er hat ein schönes Lächeln, ein seliges Lächeln, wenn es auch manchmal ein wenig einfältig wirkt. Jedenfalls hat er immer ein freundliches Wort für seine Mitmenschen übrig, was umgekehrt nun wirklich nicht der Fall ist. Meine entzückenden alten Leutchen setzen mit Vorliebe Gerüchte über den Diener des bösen Manitu in die Welt, als wäre der alte Méo schuld an allem, was bei uns schlecht läuft. Natürlich hat sich die Kirche in den letzten zehn Jahren ziemlich geleert, und die Traditionalisten haben im Reservat an Einfluss gewonnen. Viele junge Leute kehren Sankt-Gabriel-von-Kitchike den Rücken und wenden sich stattdessen den spirituellen Traditionen ihrer Vorfahren zu. Und die Katholiken geben Méo die Schuld. Am Niedergang der christlichen Frömmigkeit, vor allem aber auch daran, dass ihr geliebter Pfarrer seinen Hut genommen hat. Im Grunde ihres Herzens wissen sie ganz genau, dass das nicht stimmt. Pinault hatte gute Gründe, den Priesterberuf an den Nagel zu hängen. Er blickt auf ein langes, erfülltes Leben zurück und hat den Ruhestand wirklich verdient. Und dann war da noch das mit Diane ...

Diane wurde vor fünf Jahren von einem Auto überfahren. Mitten in der Nacht, hier bei uns, in der Old Town von Kitchike. Kein Abschied, keine letzte Ölung, einfach nur ein tragischer, viel zu früher Tod. Pinault hat sich nie mehr davon erholt. Wie Diane war er auf einmal weg, über Nacht, hinterließ grad noch einen Abschiedsbrief im Pfarrhaus. Wenn dir das Schicksal so übel mitspielt, verändert sich wahrscheinlich auch dein Verhältnis zu Gott, selbst wenn du ihm dein Leben geweiht hat. *Vor allem*, wenn du ihm dein Leben geweiht hast. Jedenfalls war das bei Pinault so. Natürlich hat sich niemand getraut, drüber zu reden. Niemand hat sich getraut, obwohl alle Bescheid wussten. Denn offenbar ist das so: Egal, wie viele gute Taten du vollbringst, egal wie aufopferungsvoll du dich um deine Gemeinde kümmerst, egal wie großherzig du bist – wenn du mit Gott und Jesus und der Kirche verheiratet bist, darfst du keine Freundin haben. Jedenfalls nicht die Art von Freundin. Das ist verboten, also darf nicht drüber geredet werden. Man schweigt es tot. Alles, was schön ist und glücklich macht, wird im Reservat totgeschwiegen. Und um die Stille zu füllen, denkt man sich alle möglichen Ausflüchte aus. Fromme Lügen, dreckige Lügen. Lügen für jeden Geschmack. Manche bösen Zungen behaupteten, der Unfall wäre die Rache Gottes dafür gewesen, dass Pinault seine Stellung als Missionar gegen die Missionarsstellung getauscht hat. Andere gaben Édouard und seinen Pfingstlern die Schuld, weil sie sich im Reservat eingenistet hätten. Doch die meisten waren der Meinung, Roméo Cœur-Brisé wäre die Quelle allen Übels, er und kein anderer hätte ihren geliebten Pfarrer in die Flucht geschlagen. Vor allem, weil die beiden vor Urzeiten mal befreundet waren, bis Pinault sich in Méos Schwester verguckte. Mir ist echt nicht klar, wie man nach einem tragischen Unfall so ein dummes Zeug in die Welt setzen kann, aber so ist das leider in Kitchike. Man will die schlichte, große Wahrheit nicht sehen: dass die Liebe stärker ist als alles andere, selbst hier, in der Enge des Reservats. Selbst bei einem Priester. Selbst bei einer Putzfrau, die ihr Leben lang zur Heiligen Katharina gebetet hat, der Schutzheiligen aller Jungfern, nur um auf ihre alten Tage das Glück in den Armen ihres Arbeitgebers zu finden, der leider zufällig auch katholischer Priester war.

Der alte Méo öffnet die Tür und betritt die Tanke, langsamen Schrittes, als würde er in seinen ausgelatschten Mokassins über den Boden schweben. Trotz der Stille, der fassungslosen Blicke und dem nicht gerade frommen Getuschel der versammelten Katholiken hält Méo den Kopf aufrecht und den Rücken gerade. Er merkt sicher, dass sein Eintreffen für Wirbel sorgt, aber er tut, als wäre es das Normalste von der Welt. Er lächelt mir zu, strahlt über das ganze faltige Gesicht, schenkt Madame Paul sein typisches einfältiges Grinsen und nickt als Zeichen des Respekts Pfarrer Labelle zu, der ihn mit versteinerter Miene ansieht. Der alte Méo nimmt sich ein Exemplar der Tageszeitung, legt das abgezählte Kleingeld auf die Theke, geht durch die Menschenmenge, die ihm Platz macht, und lässt sich an einem der Tische hinten im Raum auf einen Stuhl fallen.

»Lorette, meine Liebe, hättest du vielleicht einen Kugelschreiber für mich? Ich kann meinen nicht finden.«

»Für dein Kreuzworträtsel, Méo?«, antwortet Madame Paul. »Du kannst es nicht lassen, was?«

»In unserem Alter ändert man seine Gewohnheiten nicht mehr.«

Einige Kunden nutzen die Unterbrechung, um zu bezahlen und mit ihren Einkäufen abzuziehen. Die meisten aber stehen weiter da wie die Salzsäulen und starren Pfarrer Labelle an, der nun mit seiner Tirade fortfährt:

»Jemand weiß Bescheid! Hier in diesem Raum! Jemand weiß, wer Kateri gestohlen hat! Vielleicht ist der Sünder sogar höchstpersönlich anwesend?«

Wieder breitet sich beklemmendes Schweigen aus, doch jetzt zucken die Blicke mehrerer Anwesender zwischen dem Pfarrer und dem alten Traditionalisten hin und her, als läge die Antwort auf der Hand. Die Menschen weichen zurück, lassen einen Gang zwischen dem Pfarrer und dem Schamanen. Labelle sieht aus wie Gott, der mit unsichtbarer Hand das Meer teilt. Doch da der alte Méo und der Priester die mehr oder weniger subtilen Anschuldigungen der Gläubigen ignorieren, tritt Madame Janine, eine weiße Québecerin, die ungefähr seit Samuel Champlains Zeiten bei uns lebt, einen Schritt vor und verkündet mit donnernder Stimme das Urteil des stummen Gerichts: »Herr Pfarrer, Sie wissen genau, dass kein Katholik es wagen würde, unsere geliebte Heilige anzurühren. Niemand würde für so was sein Seelenheil aufs Spiel setzen. Der Schuldige muss jemand sein, der seine Seele dem bösen Manitu verschrieben hat und dafür in der Hölle schmoren wird.«

Kopfnicken und zustimmendes Gemurmel erhebt sich wie eine Welle, die über dem alten Méo zusammenschlägt. Ohne den Blick von seinem Kreuzworträtsel zu heben, stößt der Schamane ein leises Kichern aus, das zu lautem Gelächter anschwillt. Als er alle Augen auf sich spürt, beschließt er, den Stift niederzulegen und hochzusehen.

»Madame Janine, ich habe großen Respekt vor Ihrem Glauben und dem Ihrer Brüder und Schwestern, und ich möchte Sie bitten, mir höflicherweise denselben Respekt entgegenzubringen. Warum wollen Sie mich dazu verdammen, in der Hölle zu schmoren?«

»Niemand verdammt dich«, ruft der alte Hector mit seiner stattlichen Körpergröße von einem Meter siebenundfünfzig. »Du hast dich selbst dazu verdammt, als du dich von unserem Herrn und vom wahren Glauben abgewandt hast!«

»Du hast dich selbst verdammt, als du mit zwanzig aufgehört hast, in die Kirche zu gehen!«, springt ihm Madame Janine bei.

Wieder erhebt sich Murmeln in der Tanke, aber diesmal sind es eher Beleidigungen, die sich über den alten Schamanen ergießen. Roméo Cœur-Brisé bleibt ruhig, gelassen, fast spielt ein leises Lächeln um seine Lippen. Anders als ich scheint er die Situation irgendwie lustig zu finden. Während er den Gläubigen antwortet, sieht er Pfarrer Labelle fest in die Augen: »In diesem Punkt sind wir uns jedenfalls einig. Ich habe seit über fünfzig Jahren keinen Fuß mehr in die Kirche gesetzt, und das ist ja wohl ein Beweis dafür, dass ich die Kateri nicht gestohlen haben kann. Außerdem, wenn ich mich, wie ihr richtig bemerkt habt, von eurem Herrn und vom wahren Glauben abgewandt habe, was interessiert mich da eure Statue?«

Die Anwesenden lassen sich nicht so leicht überzeugen, sie tuscheln weiter, erheben neue Beschuldigungen und stellen Theorien auf, eine absurder als die andere. Rings um den Pfarrer bricht fast schon Tumult aus. Er schnauft immer heftiger, sein Gesicht läuft knallrot an. Dann explodiert er: »Schluss jetzt!«, donnert er mit Grabesstimme. »Schluss mit den albernen Theorien und kindischen Gerüchten! Jemand weiß Bescheid! Irgendjemand hier weiß Bescheid! Will derjenige etwa warten, bis Gottes Zorn ihn trifft? Will er warten, bis der Allmächtige Kitchike mit den zehn biblischen Plagen überzieht? Will er warten, bis sich das Wasser in Blut verwandelt, bis die Frösche ins Reservat einfallen, bis Finsternis in die Häuser Einzug hält?«

Die Wut des Pfarrers schüchtert die Anwesenden dermaßen ein, dass es plötzlich genauso still ist wie in der Kirche und alle ängstlich den Kopf einziehen. Doch als seine Worte den Geist der Gläubigen erreichen, gerät die Menge noch mehr in Aufruhr.

»Das Leitungswasser ist schon ungenießbar«, sagt Gisèle Wabush, ohne selbst so richtig dran zu glauben. »Deshalb kaufen wir ja alle Flaschenwasser, Herr Pfarrer.«

»Und auf der Versammlung der Pfingstler sind die Frenchies in Scharen aufgekreuzt! *Frogs!* Das bedeutet doch Frösche!«, wirft Jacqueline todernst ein. »Glauben Sie, das ist ein Zeichen?«

»Heilige Kateri, die du stehst im Schimmel!«, schreit Jean-Paul Paul Jean-Pierre. »Die Finsternis hat in mein Haus Einzug gehalten! Die biblischen Plagen sind über uns gekommen!«

O nein! Zu spät! Ich spüre, wie sich Angst und Schrecken in der Tanke ausbreiten und den Blick meiner entzückenden alten Leutchen beherrschen. Ihr Teint ist auf einen Schlag mindestens drei Make-up-Töne heller. Madame Janine scheint Probleme mit dem Kreislauf zu haben, ihr Mann führt sie zu einem Stuhl. Die Augenlider des kleinen Hector flattern einen Morsecode, und seine dritten Zähne sind vollauf damit beschäftigt, klappernd seine Nägel abzukauen. Die ganze Tanke droht in kollektive Hysterie auszubrechen, weil eine Statue verschwunden ist, und ich steh hier rum und kann nichts machen, gelähmt, total hilflos. Ich mag meine Sonntagsschicht, ich arbeite gern mit Madame Paul zusammen, ich mag die alten Leutchen, ich höre mir gern ihre Stories über die Vergangenheit an. Aber während meiner Schicht einen Religionskrieg schlichten müssen, das mag ich echt nicht, so richtig überhaupt nicht.

Ich will Madame Paul ein Zeichen geben, kann sie aber nirgendwo entdecken. Wahrscheinlich quatscht sie immer noch mit dem alten Méo. Ich weiß natürlich, dass man Leute nicht beruhigt, indem man ihre religiös fundierte Angst als grundlos abtut, also versuche ich lieber, den frommen Leutchen aufzuzeigen, dass sie auf dem Holzweg sind, indem ich die Sache auf die Spitze treibe. Vielleicht werde ich auf diese Weise auch den dicken Labelle los.

»Herr Pfarrer, was waren noch gleich die anderen biblischen Plagen?«

Labelle versteht meine Frage als theologische Herausforderung. Mit geschwellter Brust will er mir seine Bibelfestigkeit beweisen: »Wilde Tiere verlassen den Wald, das Vieh wird krank, Stechfliegen breiten sich aus!«

Ich bereue, den Mund aufgemacht zu haben, als ich sehe, wie die Flammen der Hölle in den Augen der Gläubigen auflodern. Typisch, hätt ich bloß die Klappe gehalten.

»Das ist bei uns hier passiert!«, schreit plötzlich Janines Mann von ganz hinten. »Die Eichhörnchen und Hasen sind aus dem Wald gekommen!«

»Und die Mücken auch! Sie sind überall!«, pflichtet eine alte Dame ihm bei, deren Namen ich mir nie merken kann.

»Und ich bin auf dem Weg zur Messe an drei toten Hunden vorbeigekommen!«, kreischt Jacqueline.

Ich greife zum Telefon und wähle Max' Nummer. Ich brauch Hilfe, entweder vom Chef oder von der Polizei, aber ich kann schlecht wegen einer Horde hysterischer Alter den Laden räumen und alle Anwesenden wegen Hausfriedensbruch verhaften lassen. Ganz davon abgesehen stehen die Chancen, dass der Polizist auf Labelles Zug aufspringt, fifty-fifty, je nachdem, wer gerade Dienst hat. Es klingelt und klingelt, und natürlich geht Max nicht ran. Es ist Sonntag, er ist garantiert draußen in seiner Hütte im Wald oder auf der Jagd. Ich zieh meinen Rock ein Stück hoch, steige auf die Theke, damit ich einen besseren Überblick habe, und halte nach Madame Paul Ausschau. Oben angekommen, begreife ich die ganze Absurdität der Situation. Ich steh in meinen schönsten Sonntagsklamotten auf dem Tresen unserer Tanke, die völlig verschreckten alten Leutchen zu meinen Füßen, während Madame Paul hinten im Raum den alten Méo bezirzt und der zu kurz geratene Herménégild Wabush zahnlos grinst und versucht, einen Blick unter meinen Rock zu werfen. Jetzt reichts! Mir platzt der Kragen, und ich brülle los wie eine Wahnsinnige.

Im nächsten Moment holt mich Roméos Stimme auf den Boden der Tatsachen zurück.

»Klar macht das Angst, die Mückenschwärme und die toten Hunde. Vielleicht ist es wirklich Gottes Zorn. Oder es liegt am Laster vom Gerber, der am Freitagmittag vor den Werkstätten umgekippt ist. Dass diese stinkende Brühe, die da ausgelaufen ist, Mücken anzieht und Trinkwasser verseucht, muss doch keinen wundern. Lorette, erinner mich dran, vor dem Gehen noch ein paar Flaschen Wasser zu kaufen.«

Pfarrer Labelle schnaubt und scheint zu schwanken, ob er sich auf den alten Méo stürzen oder sich vom Acker machen soll. Er entscheidet sich für Letzteres, und sofort legt sich die Panik und weicht einem allgemeinen Schamgefühl. Die Menge macht sich ganz klein. Ich atme erleichtert auf, widerstehe dem Drang, dem zahnlosen Zwerg in die Fresse zu treten, und springe von der Theke.

Die alten Leutchen bilden brav eine Kassenschlange und starren betreten, ohne einen Mucks zu Boden. Das sind die längsten zwanzig Minuten, die ich bei meinen Schichten in der Tanke je erlebt habe, selbst wenn ich die Freitagabende mitzähle. Irgendwann leert sich der Raum. Nur der alte Méo hat sich nicht vom Fleck gerührt, er sitzt immer noch am Tisch hinten und löst sein Kreuzworträtsel. Und Jean-Paul ist auch noch da, er leert gerade seine dritte Tüte Chips. Diesmal mit Ketchupgeschmack.

Der restliche Tag verläuft ruhig, wie alle Sonntage. Ein paar Kinder kaufen sich ein Slush-Eis oder Bonbons für fünf Cent. Zwei oder drei Touristen kommen zum Tanken vorbei. Ein paar junge Typen, die seit Freitagabend Party machen, füllen ihre Vorräte an billigem Bier auf, um das Wochenende anständig ausklingen zu lassen. Und dann schneit mir kurz vor Feierabend seltener Besuch ins Haus. So selten, dass ich ganz schüchtern werde.

»In seinem pechschwarzen SUV: der verlorene Sohn unserer Mission, der Liebling von Kitchike, Monsieur Albin Pinault, Pfarrer im Ruhestand!«

Der alte Priester schenkt mir ein Lächeln, plaudert kurz mit Madame Paul, aber mir ist sofort klar, dass er nichts kaufen will. Seine Papiertüte scheint ziemlich schwer zu sein, und ich wüsste nicht, wo er weitere Einkäufe unterbringen sollte. Er geht nach hinten zu Méo. Mir bricht kurz der Schweiß aus. Ich hab echt keinen Bock, einen Streit zwischen zwei Siebzigjährigen zu schlichten oder noch einen Religionskrieg. Muss ich aber gar nicht. Die Männer begrüßen sich brüderlich, wechseln ein paar Worte, dann stellt der alte Pfarrer die Papiertüte auf den Tisch und geht wieder, mit leeren Händen und zufriedenem Gesicht. Madame Paul wirft mir einen Blick zu, ein Fragezeichen in den Augen. Sie platzt genauso vor Neugier wie ich, aber sie traut sich nicht. Besser gesagt, sie wartet auf meine Erlaubnis. Ich nicke, und zusammen schlendern wir hin.

»Na, Méo«, sagt Madame Paul beiläufig, »was wollte der Schwager denn?«

Der alte Traditionalist hebt den Kopf, sieht uns mit seinen großen, sanften Augen an, zögert und macht dann den Mund auf: »Dass ich seine geliebte Kateri zurück in die Kirche bringe«, sagt er und zeigt auf die Papiertüte auf dem Tisch. »Albin hat sich seine geliebte Heilige kurz ausgeliehen, damit sie ein gutes Wort für Diane einlegt.«

»Und er selbst hat vergessen, wo die Kirche ist?«, fragte Madame Paul.

»Ich glaube, er hatte nicht die Kraft, den Mitgliedern seiner ehemaligen Gemeinde gegenüberzutreten. Nicht am Tag der Gedenkmesse. Außerdem wollte er sicher nicht, dass sein Nachfolger was von der unfreiwilligen Leihgabe mitkriegt. Wie auch immer, ich hab ihn nicht gefragt, warum er es nicht selbst macht.«

Gleich morgen früh geh ich in Max' Büro und flehe ihn auf Knien an, mir wieder die Abendschicht zu geben. Dann doch lieber die Alkis, die mir auf die Brüste glotzen.

Kapitel 7

Der Käfig

In der stillen Leichtigkeit der Morgendämmerung hielt Elizabeth inne und musterte ein letztes Mal den aufgeklappten Koffer auf dem Boden. Alles, absolut alles darin war perfekt. Jedes Kleidungsstück war sorgfältig gefaltet, ordentlich gestapelt, nach einem großartigen System sortiert. Kein Stück Stoff ragte hervor, keine Unebenheit störte die makellose Glätte der Gewänder. In dieser kleinen Welt, die sie nach Belieben auf- und zuklappen konnte, hatte alles seinen Platz. Jede Kette und jeder Schal, jedes Kleid und jede Hose, jede Bluse und jedes Oberteil, ihre Strumpfhosen und Baumwollsöckchen, ihre BHs für Nächte im Zelt oder feuchtfröhliche Abende, ihre Höschen für Flaute oder Feuerwerk, das braune Make-up, das ihre markanten Wangenknochen betonte, die Wimperntusche, die die Tiefe ihrer unauffälligen Augen verstärkte, ihre Zahnbürste und ihre Haarbürste, jedes einzelne Element ihres kleinen Lebens war säuberlich in dem grandiosen Behältnis aus purpurrotem Nylon verstaut.

Elizabeth gestattete sich einen zufriedenen Seufzer.

Sie klappte den Koffer zu und schloss mit einer geschmeidigen Bewegung den Reißverschluss, wobei sie an jeder der vier Ecken einen Augenblick innehielt, als richte sie ein stummes Gebet an den Herrn der Nomaden. Sie konnte ihre kleine tragbare Welt in Sekundenschnelle durchgehen, deren Geheimnisse auspacken und sich irgendwo niederlassen, für eine Jahreszeit oder eine Nacht. Und wenn dann die Zugunruhe in ihr wuchs, konnte sie ihre Zelte genauso schnell wieder abbrechen, zu neuen Horizonten aufbrechen.

Elizabeth hob den Blick und sah sich im Zimmer um, das ins Licht der aufgehenden Sonne getaucht war. In der bernsteinfarbenen Luft tanzte Staub, und die Sonnenstrahlen kamen ihr für diese frühe Stunde ungewöhnlich warm vor, aber alles war ruhig und friedlich. Nur das Zwitschern der Vögel und die sachten Atemzüge des Mannes, der in der Mitte des Bettes schlief, verzierten die Stille. Die noch gar nicht so alten Fotos in den kleinen Holzrahmen zeugten von unbeschwerten Momenten mit diesem Mann. Doch die glücklichen Zeiten waren – genau wie er – weggedämmert, und neue Träume, neue Sehnsüchte waren an ihre Stelle getreten. Schon in jungen Jahren hatte Elizabeth begriffen, dass sich der Reiz der Liebe unter der Last des Alltags schnell abnutzt und man sich lieber an die guten Erinnerungen hält, statt verpassten Gelegenheiten nachzutrauern. Auch wenn sich ihr bei der Betrachtung der Fotos kurz das Herz zusammenzog – sie würden sie nicht von dem Weg abbringen, an den sie sich halten wollte. Ja, sie war hier glücklich gewesen. Eines Tages, als alte Frau, würde sie an diese schönen Momente zurückdenken, das Herz voller Erinnerungen, und lächeln. Aber heute nahm sie nur ihren Koffer mit, mehr konnte sie nicht tragen.

Elizabeth straffte die Schultern, um aufzustehen, aber als sie sich gerade aufrichten wollte, spürte sie, wie schwer ihr die Entscheidung im Magen lag. Sie musste kurz mit gesenktem Kopf in die Hocke gehen und sich auf den Koffer stützen. Sie keuchte, fast hätte sie die Kontrolle verloren. Der Krampf war schnell vorbei, doch die Übelkeit blieb. Mit geschlossenen Augen atmete sie tief ein, füllte ihre Lungen mit der staubigen Luft von Kitchike und zog dann ruckartig den Bauch ein, um alles wieder auszustoßen. Langsam breitete sie die Arme aus wie Flügel und stellte sich das Meer, den Himmel, die ganze Welt aus der Vogelperspektive vor. Elizabeth atmete tief ein und aus und schlug mit den Flügeln. Jetzt war sie dort oben. Auf dem Dach der Welt. Frei.

Elizabeth kannte die Welt gut. Sie hatte sich als Kind in sie verliebt, auf ihrer ersten Reise, die sie aus ihrem abgelegenen Reservat an der Mündung des Sankt-Lorenz-Stroms herausgeführt hatte. Ihre Schulklasse war mit ein paar unbeholfen choreographierten Tänzen auf Tournee durch Frankreich gegangen. Von allen Tieren, die in der Darbietung vorkamen, hatte man ihr die Rolle der Wildgans gegeben. Noch heute war sie überzeugt, dass das kein Zufall gewesen war, sondern dass sich der Geist des Zugvogels in ihr wiedererkannt hatte. Seitdem war sie über alle Weltmeere gesegelt, hatte sämtliche Kontinente überflogen, war von Insel zu Insel gereist, war auf La Réunion, der Isle of Man, Haïti und den Austral-Inseln gewesen. Sie hatte die Hektik und das Elend von New York, Paris und Rio erlebt. Die trügerische Stille von Huahine und Mauritius. Sie war eine Frau von Welt, und jeder Herzschlag drängte sie zum Aufbruch, zum Vogelzug. Ihr ganzes Leben war eine Opfergabe, die sie dem Herrn der Nomaden darbrachte.

Elizabeth stand auf und bevor sie sich zur Tür wandte, warf sie einen letzten Blick auf den großartigen Mann, der friedlich in der Seidenbettwäsche schlief. Sie wollte ihm ein paar Abschiedsworte zumurmeln, ein letztes »Auf Wiedersehen«, ein letztes »Danke«, vielleicht sogar ein »Ich liebe dich«, doch in dem Moment spürte sie die Wände langsam auf sich zukommen und musste die Augen schließen, um das unangenehme Gefühl abzuschütteln.

Die Falle schnappte zu.

Es war Zeit zu gehen.

Jetzt oder nie.

Sie packte den Koffer, schob ihn in den Flur und bewegte sich Richtung Haustür. Sie spürte, wie sich ihr Puls beschleunigte, während sie immer schneller lief, doch je größere Schritte sie machte, desto weiter schien sich die Haustür zu entfernen, desto mehr dehnte sich der Flur, zog sich in die Länge.

In Panik blieb sie stehen. Am Ende des Flurs vibrierte das Parkett, die Vierecke erhoben sich in die Luft und begannen zu kreiseln. Eines nach dem anderen flog auf Elizabeth zu, mit rasender Geschwindigkeit. Instinktiv sprang sie beiseite und rettete sich ins Wohnzimmer, knallte die Flügeltüren zu und lehnte sich keuchend dagegen. Sie hatte sich hereinlegen lassen wie ein kleines Mädchen, und jetzt saß sie in der Falle. War in diesem Haus eingesperrt, weit weg vom Blick des Herrn, weit weg von allen Zugrouten, und verkümmerte in diesem Reservat aus Beton.

Kitchike.

Elizabeth war aus reinem Zufall hier gelandet und hatte sich ihrem Schicksal widerstrebend gefügt, für eine kurze Spanne der Zärtlichkeit, um ein paar Jahreszeiten lang neben diesem viel zu sesshaften Mann aufzuwachen, der hier geboren war, sein ganzes Leben am selben Ort verbracht hatte und sicher auch hier sterben würde, ohne jemals etwas anderes gesehen zu haben. Doch sie wusste, hatte es tief in ihrem Inneren immer gewusst, dass dies nur eine Etappe auf ihrem Weg war. Im Übrigen gab es in Kitchike außer diesem Mann nichts, was sie interessiert hätte. In ihren Augen war dieser Ort nicht mehr als ein Ghetto selbstzufriedener Langweiler. Dieses Reservat hatte weder den heruntergekommenen, aber authentischen Charme ihres Heimatdorfs noch die stroboskopische Anziehungskraft der Stadt. Kitchike war zu viel und zu wenig in einem. Zu nah dran an der Stadt und zu weit weg von ihr. Nicht exotisch und nicht vertraut genug. Zu viele blaue Augen und zu viele goldbraune Gesichter. Für sie gab es hier keine Zukunft.

Sie musste so schnell wie möglich weiterziehen.

Elizabeth ließ ihren Koffer fallen, schob ein schweres Bücherregal vor die Tür und verbarrikadierte sich. Sie drückte mit den Händen prüfend gegen die Scheibe des Wohnzimmerfensters und packte dann die Stehlampe, um das Glas zu zerschmettern. In dem Moment erwachte der Fernseher zum Leben, und der 24-Stunden-Kochshow-Sender erschien auf dem Bildschirm. Caroline McCann, wie immer etwas rundlich um die Hüften, bereitete einen Rinderrollbraten mit einer Fontina-Pflaumen-Füllung zu. Während die Moderatorin fachmännisch erklärte, wie ihr Metzger das Lendenstück plattiert hatte, um das Fleisch mürbe zu machen, verhedderte sich Elizabeth im Kabel der Stehlampe und fiel mit gefesselten Beinen aufs Sofa. Einen Moment lang wehrte sie sich, doch schon bald wurde sie von den kulinarischen Ergüssen der Fernsehmoderatorin abgelenkt, die offensichtlich überglücklich mit ihrem Leben war. Caroline McCann hackte ihre Schalotten »sehr fein« und erklärte dabei in aller Ausführlichkeit die nächsten Schritte auf dem Weg zur

Verwirklichung ihres gefüllten Rollbratens. Bevor die TV-Köchin jedoch dazu kam, sich mit den Pflaumen zu befassen, rissen die Schreie der Wildgänse, die über den Himmel von Kitchike zogen, Elizabeth aus ihrer Starre. Mittlerweile von den Schultern bis zu den Füßen gefesselt, sprang sie mit einem Ruck vom Sofa, schlug mit der Stirn gegen den Spiegel, der über dem Sofa hing, packte eine Scherbe und zerschnitt das Kabel, das sie gefangen hielt.

Befreit lief Elizabeth zum Fenster und konnte gerade noch einen kurzen Blick auf den Schwarm Gänse erhaschen, bevor die Aluminiumjalousien sich abrollten und ihr die Sicht versperrten. Irgendetwas stimmte hier nicht. Es war Frühling, warum flogen die Gänse gen Süden? Sie musste so schnell wie möglich hier raus. Das köstliche Geheimnis des Rollbratens mit Fontina-Füllung würde warten müssen.

Hinter der Tür war das Getöse des Holzbodens verstummt, dafür war jetzt das vertraute Brummen der Waschmaschine zu hören. Sie schob das Bücherregal beiseite, sah sich verstohlen um und huschte mit dem Koffer in der Hand Richtung Haustür. Da fiel Elizabeth auf, dass er sehr viel leichter war als bei ihrer Flucht ins Wohnzimmer. Viel zu leicht. Ein Schauer kroch ihr die Wirbelsäule hoch und setzte sich im Nacken fest. Elizabeth rannte zum Badezimmer, aus dem das Dröhnen kam, und trat die Tür ein. Die Panik wich einem plötzlichen Wutanfall. Drinnen lagen, unordentlich über den kalten Boden verstreut, all ihre Kleider. Der Wäschekorb quoll über, Kleidungsstücke rutschten zu Boden, jedes Kleid und jede Hose, jede Bluse und jedes Oberteil, ihre Strumpfhosen und Baumwollsöckchen, ihre BHs für Nächte im Zelt oder feuchtfröhliche Abende, ihre Höschen für Flaute oder Feuerwerk. Fast der gesamte Inhalt ihres Koffers häufte sich auf den hellblauen Kacheln.

Elizabeth stand einen Moment lang erstarrt da. Sie konnte es nicht fassen. Das war einfach surreal. Sie stellte den Koffer ab, öffnete den Reißverschluss mit drei abgehackten Bewegungen, automatisch an jeder Ecke kurz innehaltend, und klappte den Deckel auf, um sich ein Bild vom Ausmaß der Katastrophe zu machen. Der Koffer war leer. Gähnend leer.

Elizabeth sprang auf, rannte zum Waschbecken, durchwühlte nacheinander sämtliche Schubladen darunter, öffnete die Türen aller Badezimmerschränke und fand den Rest des braunen Make-ups, das ihre markanten Wangenknochen betonte, sowie die Wimperntusche, die die Tiefe ihrer unauffälligen Augen verstärkte, ihre Zahnbürste und ihre Haarbürste, ihre ganze kleine Welt, die sich klammheimlich aus dem purpurroten Nylonkoffer davongestohlen und heimtückisch zurück an ihren üblichen Platz geschlichen hatte.

Der schrille Ton, der das Ende des Waschgangs verkündete, gellte durchs Badezimmer. Elizabeth begann zu schreien, so laut, dass es ihr schier die Lungen zerfetzte. Ihr Gebrüll brachte den Spiegel und die Fensterscheiben und die gläserne Duschwand, ja sogar die hellblauen Kacheln zum Vibrieren. Als sie verstummte, hörte sie nur noch das dumpfe Pochen ihres Bluts in den Schläfen. Sie machte einen Schritt auf die Waschmaschine zu, dann einen zweiten. Mit unsicherer Hand hob sie den Deckel des Topladers. Eines nach dem anderen zog sie ihre schönsten Kleider hervor. Sie waren klitschnass, aber ganz offensichtlich nicht porentief rein. Ein kurzer Blick zum Trockner verriet ihr, dass dort immer noch das Flüssigwaschmittel in dem kleinen Messbecher stand. Sie hatte das Waschmittel vergessen. Sie hatte das Waschmittel vergessen, und jetzt musste sie von vorn beginnen und das Ende sämtlicher Waschzyklen jeder Maschinenladung abwarten und die Wäsche in den Trockner umfüllen, und dann warten, bis alles trocken war, und die Kleider dann säuberlich falten und in das grandiose Behältnis aus purpurrotem Nylon räumen. Was bedeutete, dass der Herr aller Nomaden noch etwas länger warten musste.

Nein, rief sie sich zur Räson. Sie hatte nichts vergessen. Sie hatte einfach nur ihre kleine Welt in ihrem Koffer verstaut, um dieses verfluchte Reservat zu verlassen, um sich auf den Weg zu machen und sich das Leben als Nomadin zurückzuerobern, das ihre Berufung war. Kitchike war schuld. Kitchike zwang sie, Wurzeln zu schlagen und die Ekstase des Vogelzugs gegen eine eintönige Sesshaftigkeit ohne Horizont einzutauschen, den Jahreszeiten beim Vergehen zuzuschauen, statt mit ihnen zu tanzen.

Nein, rief sie sich ins Bewusstsein. So leicht würde sie sich nicht geschlagen geben.

Elizabeth sank auf die Knie und begann erneut, den Koffer zu packen, diesmal so schnell wie möglich. Sie schnappte sich die überall verstreuten Kleidungsstücke, die aus dem Wäschekorb hängenden und selbst die klitschnassen Klamotten aus der Waschmaschine und stopfte sie in das grandiose Behältnis aus purpurrotem Nylon.

Je mehr Kleider der Koffer verschluckte, desto mehr spuckte der Wäschekorb aus. Elizabeth legte sich noch etwas mehr ins Zeug und versuchte, mit dem Wäschekorb mitzuhalten, der sich ständig neu füllte und alles hervorwürgte, jedes Kleid und jede Hose, jede Bluse und jedes Oberteil, Strumpfhosen und Baumwollsöckchen, BHs für Nächte im Zelt oder feuchtfröhliche Abende, ihre Höschen für Flaute oder Feuerwerk.

Der Deckel der Waschmaschine klappte zu, und Elizabeth hörte das Wasser in die Trommel strömen. Sie erstarrte mitten in der Bewegung. Alles umsonst. Sie würde diesen Ort nie mitsamt all ihren geliebten Besitztümern verlassen. Wenn sie dieses Haus und dieses Betonreservat verlassen wollte, musste sie es wie ihre nomadischen Vorfahren in Nutshimit tun, mit so wenig Gepäck wie möglich.

Ein Windstoß traf das Badezimmerfenster. Elizabeth warf einen Blick nach draußen. Ein heftiger Schneesturm tobte über die geschlossene weiße Fläche und zerrte brutal an den wenigen Bäumen, die dem Unwetter mehr schlecht als recht Widerstand leisteten. Der Winter. Der Wintereinbruch kam dieses Jahr früh. Die Kälte strömte ihr in den Bauch, und ihre Beine begannen zu zittern. Wieder neigte Elizabeth den Kopf, schloss die Augen und atmete tief durch. Sie hob die Arme wie Flügel und versuchte ihren Geist über die watteweiche weiße Fläche schweben zu lassen. Doch sie wusste nicht, wie man bei Unwetter fliegt und sich in einem Schneesturm orientiert. Der eisige Wind fuhr ihr in die Knochen, und ihr Geist musste auf den Boden zurückkehren.

Elizabeth schlug die Augen wieder auf.

Mit langsamen, entschlossenen Schritten ging sie aus dem Badezimmer Richtung Haustür. Diesmal versuchte der Flur nicht, sie aufzuhalten. Sie löste einen Schlüssel von ihrem Schlüsselbund. Legte ihn auf die Ablage. Stand einen Moment zögernd vor dem Einbauschrank. Dachte an die Beschleunigung des Jahreszeitenwechsels. Entschied sich für eine leichte Sommerjacke. Purpurrot, wie der zurückgelassene Koffer. Sie zog sie über. Legte eine Hand auf den Türknauf. Zögerte erneut. Drehte den Knauf und setzte an, die Tür zu öffnen.

Als sie gerade ihr Schicksal wieder selbst in die Hand nehmen wollte, hielt sie ein Geräusch zurück. Ein Wimmern, zart und rein, zugleich aber so machtvoll wie das Rasen der Jahreszeiten. Das Wimmern drang an ihr Ohr, kroch in ihr Innerstes, schnürte ihr den Magen zusammen und glitt weiter hinab in die Beine, die Knöchel, bis sie schwankte. Ein Wimmern, so schwach und verzweifelt wie sie selbst: das Weinen eines Neugeborenen. Das ganze Gewicht der Welt sackte ihr in den Bauch, und sie spürte, wie sich die Schlinge wieder zuzog.

Sie nahm die Hand vom Türknauf. Drehte den Kopf. Machte kehrt. Setzte sich in Bewegung, den Flur entlang, diesen Flur, der sie einfach nicht gehen lassen wollte, bis an sein Ende, bis ganz ans Ende, zu dem kleinen Zimmer gegenüber vom Schlafzimmer, wo sie den sesshaften Mann zurückgelassen hatte, mit dem sie eine Zeitlang glücklich gewesen war. Und in diesen Momenten würde sie als alte Frau schwelgen, wenn sie so alt wäre, dass ihr nichts anderes mehr bliebe als Erinnerungen voller Zärtlichkeit.

Die Tür stand weit offen. In dem kleinen Zimmer, im Licht der aufgehenden Sonne, standen ein Wickeltisch, eine Wiege und kleine

Mokassins für ein *papu auass*, und am Fenster hing ein Traumfänger mit pastellfarbenen Federn. In der bernsteingelben Luft tanzte Staub, aber alles war ruhig und friedlich. Elizabeth fielen fast ihre unauffälligen Augen aus dem Kopf. Die Übelkeit, die Krämpfe, die Zweifel, die Zugunruhe ... Kitchike musste nicht mehr versuchen, sie festzuhalten: Es hatte sie bereits an den Eingeweiden gepackt.

Die Zimmertür fiel von selbst ins Schloss.

Wieder spürte Elizabeth die Wände näherkommen. Doch sie würde sich nicht in die Knie zwingen lassen, würde nicht die Arme ausbreiten und den Rückzug in ihre Träume vom Fliegen und von der Freiheit antreten. Eine mächtige Wut stieg in ihr hoch und entfachte ein Feuer in ihr. Elizabeth hob den Kopf, öffnete den Mund und spuckte eine fauchende Flamme in den Raum. Sie brüllte, und das Feuer breitete sich im ganzen Zimmer aus. Sie brüllte so laut, dass es ihr schier die Lunge zerfetzte, schier die Stimmbänder zerriss. Sie brüllte, und ihr Schrei zog sich in die Länge, wurde immer lauter, immer mächtiger, ihr Schrei dehnte sich, füllte das Zimmer aus, wurde rauer, atemloser ... Und als der Schrei schließlich verhallte, hatten die Flammen die ganze Einrichtung des kleinen Zimmers verschlungen, die ganze kleine Welt. Alles war verschwunden bis auf das Parkett, auf dem jetzt eine dicke Staubschicht lag. Alles andere war den Flammen zum Opfer gefallen. Oder dem Zahn der Zeit.

Elizabeth drehte sich in Zeitlupe zur Tür um und begegnete ihrem Blick im Wandspiegel. Auf Anhieb erkannte sie den alten holzgerahmten Spiegel, den sie von ihren Großeltern geerbt hatte. Sie erkannte auch ihren resignierten, erschöpften Blick. Aber der Rest des Bildes passte nicht. Ihr Gesicht war von Falten überzogen, weißgraues, sprödes Haar fiel ihr offen über die altersgebeugten Schultern. Ihre Brüste hingen bis zum Bauch, der dick und rund über den Gürtel quoll. Sie erkannte sich nicht wieder. Das war von ihr geblieben, mehr nicht. Sie hatte sich von einem ungewollten Leben einfangen und an die Leine legen lassen.

Durchs offene Fenster hörte sie den Ruf der Zugvögel. Sie suchte den Himmel ab und entdeckte einen Schwarm Wildgänse auf dem Rückweg aus dem Süden. Sie waren ohne sie aufgebrochen, aber jetzt kamen sie zurück, um sie zu grüßen. Elizabeth wurde das Herz schwer. Knarrend öffnete sich die Zimmertür. Ein Kleinkind im rosa Schlafanzug kam mit unsicheren Schritten auf sie zu, ein Stofftier in der Hand. Das Mädchen war nicht älter als vier. Sie musterte Elizabeth einen Moment lang beunruhigt und fragte dann: »Oma, warum weinst du? Hast du ein Aua?«

Elizabeth trat einen Schritt vor, nahm das Kind auf den Arm und drückte es fest an sich. Dann flüsterte sie: »Es ist Kitchike, meine kleine Victoria. Kitchike tut mir weh.«

»Oma, gehn wir Vögel füttern?«, fragte das kleine Mädchen und zeigte auf die Wildgänse, die den Garten bevölkerten.

»Die nicht, mein Schatz. Sonst vergessen sie noch weiterzufliegen.«

Elizabeth weinte alle Tränen des Frühlingsregens, ohne zu wissen, ob es Tränen der Trauer oder Tränen des Glücks waren.

Kapitel 8

Zombie

Heute will der Himmel seine schwarze Wolkendecke wohl nicht mehr aufreißen, ganz nach dem Motto: Was du heute kannst besorgen, das verschiebe ruhig auf morgen. Warum hab ich Idiot keinen Regenschirm dabei, so wie alle andern? Jetzt betrete ich die Höhle des Löwen total durchnässt, blödes Gefühl. Aber ich werd keinen damit belästigen. Bin ja schließlich nicht hier, um Freunde zu finden. Und ich hab auch nicht vor, länger als nötig zu bleiben.

Kaum hab ich den Schuppen betreten, zitiert mich der Türsteher zu sich und will meinen Ausweis sehen. Echt jetzt? Ist schon ein paar Jährchen her, dass ich vierzig Kerzen auf dem Kuchen hatte. Vielleicht gibts ja heutzutage ne Obergrenze fürs Alter, wenn du in so einen Club willst. Der Typ im Nickihoodie beteuert, nein, nein. Neue Gäste werden nach Zufallsprinzip gefilzt.

»Wir wollen hier keinen Ärger.« Halb aggressiv, halb blasiert.

Ich zwinker ihm zu, alles im grünen Bereich, soll das heißen. Er inspiziert meinen Führerschein ein bisschen länger als nötig, dann lässt er sich zu einer kleinen Erläuterung herab:

»Pierre Wabush, hm? Sehen wir nicht so oft hier, Krieger im Anzug.«

Etliche würden sich über den unterschwelligen Rassismus der Bemerkung aufregen, ich bleibe cool.

Ich bin rein geschäftlich im Halloway. Auf die Sorte Laden steh ich normal null: eine Gruftie-Höhle voller Wichtigtuer, die wie Waschbären geschminkt sind. Vampire, die bei jedem Scheiß überkandidelt reagieren, weil sie süchtig nach der Aufmerksamkeit ihrer Artgenossen sind. Du kommst dir vor wie in einem Kostümfilm. Keine Ahnung aus welcher Zeit, Geschichte war noch nie meine Stärke, schon gar nicht die Geschichte des »alten Kontinents«. Jedenfalls in einer Zeit, als man in der dritten Person von sich redete. Als man seine Heuchelei unter einer dicken Schicht Romantik versteckte. Und seinen Rattengestank unter ranzigen Blütendüften. Eine Zeit, als die Frauen sich den Bauch unterm BH einschnürten und n Fächer vor die Fresse hielten, damit keiner ihren Grottenolm-

Atem abkriegte. Ha, jetzt wo ich drüber nachdenke, frag ich mich, wieso sie eigentlich nicht einfach ihre Hand davorgehalten haben, so wie die Mädels aus dem Reservat, wenn sie in der Öffentlichkeit kichern. Wahrscheinlich, weil weiße Frauen damals raue Hände hatten. Würde auch erklären, wieso sie mit weißen Spitzenhandschühchen rumgelaufen sind. Egal. Jedenfalls kommst du dir hier vor, als wärst du direkt in dieser Sorte Irrenhaus gelandet. Allerdings in einem Remake von Rob Zombie. Weil alles schwarz ist, alles pseudogruftig, echte, trübe *Twilight*-Atmosphäre.

Wände und Tanzfläche sind mit wispernden Wasserspeiern geschmückt, das Holzmobiliar mit humanoiden Totenschädeln und Tierköpfen, von Rehen, Kühen, Eichhörnchen, Wölfen, sogar Scheiß-Hühnern (die haben wohl was gegen Schildkröten und Bären, weil davon seh ich keine hier). Heavy Metal wird in allen »Feinheiten« durchgespielt, das betäubt die Manieren und lässt die komplette Beleuchtung wackeln, voll der Strobo-Effekt. Und ich habe weder die nötige Geduld noch das nötige Kurzzeitgedächtnis, um zu zählen, wie viele falsche Reispapierlampions *made in China* auf den Tischen und hinterm Tresen rumstehen. Deprimierend alles, das wärs auch ohne die ortstypische Fauna: halb effeminierte Männer mit langem, geglättetem Haar, gefärbten Brauen und düsteren Gewändern, damit sie schön böse aussehen. Schlampen, die wie Satan tätowiert sind, dazu in Spitze vom Unterröckchen bis zum Ausschnitt, und die Brüste werden einem zusammengepresst in Überraschungskörbchen dargeboten. Männlein wie Weiblein sind weiß geschminkt, sie wollen toter als Dracula aussehen.

Alles fake. Absolut alles.

Auf die Sorte Laden steh ich null, die Sorte Leute beeindruckt mich null.

Ich komm nämlich aus der Old Town von Kitchike. Ich bin es gewohnt, dass bildungsferne Asis einen auf vornehm machen, sobald sie auf nen Job scharf sind. Dass sich irgendwelche Wichser aus den hintersten Winkeln des Reservats für große Macker mit Krawatte halten, sobald sie den dicken Job oder den guten Deal abgegriffen haben, oder schlimmer, sobald sie gewählt worden sind, fuck.

Fake riech ich von weitem.

Aber egal. Ich tu so, als wär alles cool für mich in diesem Nest der Durchgeknallten. Als hätte ich den Spaß meines Lebens. Also ab unter die Leute, lässig wie immer. Unauffälliger Blick hoch zur Uhr: ein kopfstehendes Kruzifix über dem Tresen, äh, Altar. Mir fällt der Kinnladen runter, als ich feststelle, dass der »liebe Herr Jesus« einen Ständer hat. Ha! Bei uns gibts ein paar Leutchen, die würden wegen sowas einen Riesenaufstand machen, aber ich hab keine Zeit, mich da jetzt länger mit zu beschäftigen, weil sich grad die Bardame mit ihrem Nuttenlächeln auf mich zuschiebt. Ihre Titten sind dermaßen schwer, dass die Spitze am Saum jeden Moment zu reißen droht. Muss anstrengend sein, die immer durch die Gegend zu schleppen.

»Kann ich Ihnen behilflich sein, Gentleman?« Und dazu knickst sie auch noch höflich.

Gentleman. Klar, auf jeden Fall.

Voll der Gentleman. Mit dem schwarzen Anzug und dem weißen Hemd siehst du eh aus wie ein Clown. In nass jetzt auch noch wie ein begossener Pudel. Und riechst bestimmt auch so.

Ha! Gentleman, klar. Alter.

Egal, ich halte mich zurück und sag ihr nicht, sie könnte mir durchaus behilflich sein und mit mir aufs Zimmer gehen, weil gegen meinen fiesen Weltschmerz als einziges ein bisschen weibliche Aufmerksamkeit helfen würde. Lang würds nicht helfen, aber kurz ist sowieso besser. Nicht dass sie sich noch verknallt, denn wenn ich gekriegt hab, wozu ich hergekommen bin, gehts zurück ins Niemandsland meines Reservats.

Oh! Pardon! Das war grad nicht politisch korrekt. Neuerdings muss man ja »auf das Gebiet meiner Ersten Nation« sagen. Keine Ahnung, welcher Hirni unbedingt das Wort »Reservat« durch »Erste Nation« ersetzen musste. Erstens ist eine »Nation« kein Gebiet, sondern das sind die Leute, die drauf leben. Zweitens ist es nicht so, dass die Bewohner von jedem Reservat automatisch eine Nation wären. Aber heutzutage gibt es praktisch so viele Nationen wie Reservate. Und dann sind es alles auch noch »Erste«, damit ja keiner beleidigt ist; man stelle sich vor, die Nationen würden durchnummeriert, so wie die alten Verträge, die die britische Obrigkeit den Wilden nacheinander in den Arsch gerammt hat, ohne Gleitmittel, versteht sich.

Nur uns natürlich nicht. Nicht Kitchike.

Wir kamen nicht in den Genuss von britischen Nummern, wir wurden ja schon von den Franzosen rangenommen. Vierhundert Jahre später steckt uns immer noch deren Baguette im Hals und die Anglos dürfen uns auch noch ficken. Das sind wir: Kitchike, die MILF der ältesten kolonialen Gruppenvergewaltigung auf Erden. Kein Wunder, dass sich niemand traut, das Maul aufzumachen, und dass wir uns so leicht von jeder x-beliebigen Marionette einwickeln lassen, die bei den Wahlen antritt und dann Diktator spielt.

Die Kellnerin wirkt verwirrt.

Diese Reaktion stellt sich vermutlich ein, wenn du eine ganz normale Frage stellst, und der andere starrt dich nur glasig an, gedankenverloren. Hätte ich ihr wenigstens auf die Titten geglotzt, die in ihrem Anmachoutfit auf dem Präsentierteller liegen, *das* hätte sie verstanden.

Nicht mal das: Zombie-Modus.

»Monsieur?«

Okay, Wabush, jetzt wahre mal den Schein, damit du sie nicht enttäuschst und vielleicht noch ein bisschen »bemutternde« Zuwendung abgreifen kannst.

Ich versenke den Blick in dem Abgrund, der sich zwischen ihren Körbchen auftut, und antworte:

»Ich nehme einen Grand Marnier. Doppelt. Auf Eis.«

Sie lächelt, verbeugt sich, kneift ein Auge zu und verschwindet zwischen den dreieinhalb rumzappelnden Schnöseln. Vielleicht hat ihr Augenzwinkern ja was zu bedeuten. Wenn ich mich so umseh, kriegt sie vermutlich nicht allzu oft große Kerle mit Bronzehaut zu Gesicht. Nicht dass du besonders attraktiv wärst, Wabush, aber wenn du dich mit den Schlappschwänzen und dem Gesocks vergleichst, das hier rumkriecht, hättest du ne echte Chance, für ne Reality Show gecastet zu werden.

Die Kellnerin entfernt sich, mein Blick folgt ihren langen Beinen, die bis zur Mitte der Schenkel in schwarzen Netzen stecken, wandert zum Röckchen, verweilt einen Moment auf ihrem prallen Hintern, streift an ihrem nackten Rücken hoch und springt beiläufig hoch zur Uhr, äh, zum Kreuz mit dem Antichrist, der einen Ständer hat – wie ich.

Fünf vor Mitternacht.

Mein Kontaktmann müsste jeden Moment auftauchen. Vielleicht ist er sogar schon da.

Ich geh nach vorn zum Tresen, damit ich einen besseren Überblick über die groteske Fauna habe. Ich scanne den Ort mit aufgerissenen Augen, wobei ich den Ausschnitten und Ärschen der Ladies besondere Aufmerksamkeit zuteilwerden lasse. Das erlaubt mir, die wahre Absicht meiner »Auskundschaftierung« zu verbergen (ich weiß, das Wort gibts so nicht, ist mir aber Banane), und nebenbei genieße ich die schöne Aussicht. Man kann ja auch mal Arbeit und Vergnügen verbinden, solang man nicht vergisst, woraufs ankommt.

Ein lila Halstuch. Sonst habe ich keinen Anhaltspunkt. Das einzige Indiz, an dem ich meinen Kontaktmann in diesem Larvennest erkennen kann. Ein bescheuertes lila Halstuch. Warum nicht gleich ein Goldzahn?

Hier drinnen, in dem schizophrenen Wechsel zwischen Stockfinsternis und Strobolicht würde ich nicht mal nen Affen auf Rollschuhen erkennen. Außerdem wird es jetzt, wo die Geisterstunde naht, erst so richtig voll. Zum Glück ist Lila nicht gerade die Lieblingsfarbe dieser Meute. Ich lasse meine immer trockener werdenden Augen schweifen, große Bögen der »Auskundschaftierung« (ja, schon wieder). Schließlich entdecke ich ein paar Tupfer Lila am Rand der Tanzfläche. Ich nähere mich diskret, mache aber der Kellnerin vorher ein Zeichen, nicht dass sie mir noch hinterhersteigt.

Ein paar Schritte in die richtige Richtung, und ich stelle fest, das ist ne Frau. Hübsche Rothaarige in engen Klamotten, volle Lippen. Fuck, das wird ne lange Nacht. Mein Kontaktmann ist ziemlich sicher ein Mann, drum mach ich ne Vollbremsung. Ich bin nicht der Typ, der auffällt. Ich bin nicht der Typ, der sich in einer Bar von zuckersüß lächelnden Girlies anquatschen lässt, selbst wenn sie mit dem Arsch wackeln wie rollige Katzen. Da ist mir jede Privatparty in Kitchike lieber. Ich bleib lieber inkognito. Hin und wieder, muss ich zugeben, würde mir ne Runde krasse »Unzüchtelei« mit nem Milchbrötchen echt gut tun. Und die hier ist ne richtige Brioche. So kurvige Hüften findest du im Reservat nicht oft. Mein alter Kumpel Jakob hat mir oft gesagt, nichts macht so viel Spaß wie ne Weiße von hinten, auf allen Vieren vor dir, und du packst ihre Hüften wie ein Formel-Eins-Pilot das Lenkrad, und dann gibst du Gas, dass der Auspuff nur so raucht – bis dass die Ejakulation uns scheidet. Ich guck mir noch mal die Rothaarige an, wie sie auf die Gruftiemucke zappelt, die hier als Musik durchgeht, und dann sag ich mir, wär gar nicht so übel, sich mal hinter dieses Lenkrad zu klemmen. Anscheinend ist die an genau den richtigen Stellen gepolstert. Und in dem Augenblick bin ich froh und glücklich, dass es hier so dunkel ist, da fällt die immer größer werdende Beule in meiner Hose nicht auf.

Die Bardame bringt mir meinen Doppelten, ich bin schneller damit durch als erhofft. Ich lass ein paar Plattitüden vom Stapel, gerade genug, um sie zum Lächeln zu bringen, aber dann, als mein Blick wieder zur Tanzfläche zurückkehrt, merk ich, die Rothaarige ist weg. Oder besser, sitzt anmutig auf einem Hocker, allein an einem Tisch. Ich hab noch keine zwei Schritte in ihre Richtung gemacht, da dreht sie sich um und durchbohrt mich mit ihren großen Seelenfresseraugen. Große Augen, grün wie die Hoffnung, die man sich niemals machen sollte. Ich erstarre zur Salzsäule. Eine Sekunde. Oder zwei oder drei oder vier, weiß nicht genau, aber ich weiß, dass ich eine Sekunde später einen Ellbogen in den Rippen habe und dem Doppelgänger von The Rock gegenüberstehe – einsfünfundneunzig, einsachtundneunzig –, und auf einmal sind meine Klamotten auf die doppelte Größe gewachsen, so schlackern die.

»Lass stecken, Alter. Laura gehört dem Boss. Pfoten weg.«

Ich nicke, um klarzumachen, dass ich es geschnallt habe, aber damit das nicht zu höflich wirkt, räuspere ich mich im selben Augenblick.

Habs kapiert, kratzt mich aber nicht.

Mit dem Boss hab ich absolut nichts am Hut. Eigentlich auch nicht mit Laura, kein Stück. Mit gar keinem Weißbrötchen, egal ob rot, blond oder braun – oder grün wie die Hoffnung, die man sich niemals machen sollte. Blöde Muskelschwuchtel, hält sich wohl für den Hulk. Gucken ist doch wohl nicht verboten, oder? Ich bin rein geschäftlich hier, klar? Da konzentrier dich jetzt mal drauf, Wabush, damit dus nicht dauernd vergisst, weil du grade wieder mit dem Schwanz denkst. Ich kippe den Rest von meinem Drink runter und schlucke auch die Eiswürfel, damit ich mir nicht die Kehle verbrenne. Yeah. Fuck.

»Frau Oberin!«

Die Überraschungskörbchen bringen mir den nächsten Grand Marnier. Ich komm kaum zum Bezahlen und hab schon den dritten bestellt. Drei Viertel davon hinter die Binde gekippt, dann wird mir klar, dass es in diesem Schweineofen unanständig heiß ist. Kleines Zwinkern, gutes Trinkgeld, ich stoppe meine Hand, die der Bardame einen Klaps auf den Arsch geben will, natürlich als Dankeschön verkleidet, und mit dem Mut meines alkoholvernebelten Hirns beschließe ich spontan, mich neben Laura zu setzen, die sich voll lässig auf ihrem Hocker aalt. Mann, die würde ich sofort auf diesem Scheißhocker rannehmen, sie stützt sich schön auf die Ellbogen, umfasst ihre Brüste, öffnet leicht den Mund. In dieser oder einer anderen Reihenfolge. Hauptsache, ich krieg ihr Lenkrad zwischen die Finger. Die Welt ist ein Kreis, und unser lieber Herr Jesus mit seinem Ständer kann mich mal, der zeigt mir, seit ich hier bin, ständig dieselbe Uhrzeit an, bekloppt.

Fünf Minuten vor Mitternacht im Halloway.

Scheiß drauf und Hallöchen, Süße!

»Süße? Mehr haste nicht drauf, Brauner?«, geben Lauras Schlauchbootlippen von sich.

Ich nehm jedenfalls an, dass ihre Lippen mir antworten, denn ich seh überhaupt nichts anderes mehr. Jetzt oder nie, so viel ist klar. Ich inhaliere ihre Pheromone, direkt neben ihr, ich geh zu weit, ich bin zu breit, und meine große Pfote wärmt sich an ihrem heißen Schenkel ...

Mein sechstes Glas schiebe ich weg. Weit weg, auf die andere Seite des Holztisches. Den schmückt ein ausgestopfter Hirschkopf mit arrogant hochstehendem Geweih, der mich vorwurfsvoll mustert. Scheiß drauf. Das Kruzifix, das dich mit seinem relativistischen Zeitverständnis verspottet, reicht echt schon, da braucht es nicht auch noch den überperfekten Sprecher vom Rat der Tiere mit seiner indirekten Rede. Religion war noch nie mein Ding. Die Säulen der Tradition fand ich immer genauso abstoßend wie die Frömmler. Tu dies nicht, tu das nicht ... Ihr Überlegenheitsgetue, ihre beschissene Selbstgerechtigkeit ... Als hätte das jemals irgendwen gerettet.

»Dich jedenfalls nicht!«, antwortet mir der Alkohol, wärmt mir aber trotzdem die Kehle.

Ich seufze Laura in die Halsbeuge. Ihr Blick geht mir durch und durch, bis in die Tiefen der Seele, meine Nackenhaare stellen sich senkrecht, und der Rest folgt nach.

Konzentrier dich, Wabush! Dafür bist du nicht hier, Mann!

Ich springe auf und schlängele mich zu den Toiletten durch. Mit verblüffender Geschwindigkeit, für meinen Zustand – *medium rare*. Als ich im Klo ankomme, rempelt mich ein schwules Jüngelchen Marke Edward Cullen an, sehr viel gerader als ich geht der auch nicht.

»Hey Zombie, pass auf, dass du dir nicht die Frisur ruinierst!«, werf ich ihm zu, unsere Blicke treffen sich im Spiegel.

»Du kannst mich ruhig von der Seite anmachen, aber hier haben noch alle die Augen offen und das Herz pumpt Blut, wie es soll. Der einzige Zombie am Ort bist du!«

Er knallt die Tür zu und lässt mich mit meinem Frust und meinen Vorurteilen stehen. Allein vor dem Scheiß-Waschbecken. Mit zitternden Händen klatsche ich mir Wasser ins Gesicht, dann holt mich die Wahrheit ein. Scheiß-Bubi, pflanzt dir irgendwelche Gedanken in den Kopf. Aber mit einem hat er recht. Die Vampire hauen lautstark ihre Gefühle raus, und du trägst Grau zur Schau wie am Volkstrauertag.

Pass auf, Wabush, du bist nur auf der Durchreise. Hier sowieso, aber rede dir nicht ein, dass es im verfickten Reservat anders wäre. Schon mit sechs warst du auf der Durchreise, von einer Schule zur nächsten. Auf der Durchreise in den dunklen Straßen, an den Nachmittagen, auf irgendwelchen Partys. Überall, wo man ein Bier schnorren kann. In Lydias Bett, in Sophies Bett, ja sogar in Jakobs Bett, wenn er sich mal dazu herablässt, arbeiten zu gehen, und seine Süße allein zu Hause ist. Auf der Durchreise von Job zu Job bei irgendwelchen »Projekten«, ihren bescheuerten Arbeitsbeschaffungsmaßnahmen. Du bist ein Zombie auf der Durchreise, genau wie die meisten anderen im Reservat. Ein Zombie, der das Maul hält und der Zeit beim Vergehen zuschaut, während der wohlmeinende Bonze und die Zampanos unserer Gurkenrepubliken (Ja! Oder hast du im Reservat schon mal eine Banane wachsen sehen?) sich an den Subventionen aus Ottawa mästen, ihre Familie mit allen greifbaren Jobs versorgen, vom Posten bis zum Pöstchen. Ein kaputter Zombie, jawohl. Er hat nicht unrecht. Er. Hat. Nicht. Unrecht. Verficktes Weißbrot. Was ihm noch lange kein Recht gibt, den überheblichen Scheißkolonialisten zu spielen.

Denen werd ichs zeigen! Muss Jakobs Sprüche über die Frauen mal auf ihren Wahrheitsgehalt überprüfen. Mit seiner hab ich das schon probiert, aber die hat kein echtes Lenkrad. Nee, heute Abend nehm ich mir Laura und ihr Fahrgestell vor. Der bind ich die Hände mit ihrem beknackten lila Halstuch fest, und dann lass ich sie stöhnen, bis sie endlich die Fotos rausrückt, wegen denen ich hier bin. Fuck yeah!

Ich trockne mir die Zähne ab, das schärft das Lächeln, und prüfe, ob auch keine Überraschungen im Gebiss stecken. Ich verwuschle mir die Haare, streiche die Brauen glatt. So. Er ist bereit. Er ist wieder da, das Raubtier von Kitchike, und streift inkognito durch den Dschungel der Stadt.

Der Grand Marnier inspiriert mich auf einmal zu einem klassischen Move aus *Karate Kid* (dem Original natürlich), auch wenn ich wahrscheinlich eher wie ein fucking rosa Flamingo ausseh: Langsam heb ich das rechte Bein und halt mich, mehr schlecht als recht, auf dem linken. Ich stoß ein Blöken aus, das eigentlich ein Schlachtruf werden sollte, und knall einen Tritt gegen die Tür, um zu der süßen Laura und ihrer Aura zurückzukehren. Und in dem Moment ...

Keine Ahnung, ob ich die Abstände falsch berechnet hab, aber auf einmal faltet sich der Flur zusammen, ich fliege aus dem strategisch perfekt platzierten Lieferanteneingang und lande Arsch über Kopf in der feuchten Kälte einer dunklen Seitengasse. Zufall ist das nicht, ich bin mir ziemlich sicher, dass ich nicht der Erste bin, dem das hier passiert, aber egal. Jetzt flimmern die Straßenlaternen genauso wie das Strobolicht im Club, weil ich grad einen Hagel Faustschläge abkriege, im Rhythmus der Techno-Gruftie-Bässe, gedämpft durch die Backsteinfassade. Das Stück endet mit einem Crescendo aus Schlägen in den Magen – links-rechts, links-rechts-Haken! –, und zum großen Finale gibts einen Tritt voll in die Fresse.

Halleluja. Wär ich nicht so besoffen, wär ich jetzt wahrscheinlich ohnmächtig geworden.

Scheiß drauf.

»Ich hatte dich gewarnt. Halt dich von der Bitch vom Boss fern, Häuptling. Ich will dich hier nicht mehr sehen«, wirft mir der Dwayne-Johnson-Doppelgänger noch hin.

Halb im Koma guck ich dem Gorilla nach, der durch den Lieferanteneingang wieder reingeht. Zusammengerollt wie ein Fötus auf dem Asphalt, in einer Pfütze aus meinem Blut und, ach ja, meiner Kotze auch noch, stelle ich fest, dass der Regen nachgelassen hat. Schlechtes Timing. Hätte mir ein bisschen von dem ganzen Siff runterspülen können. Und grad als ich mir sage, dass die ganze Nummer für den Arsch war und ich mit leeren Händen als Scheiß-Loser nach Kitchike zurückkehren werde, hör ich Schritte.

Ich verrenke mich ein bisschen, bis ich ins Sitzen komme, lehne mich an die Wand und warte auf die Fortsetzung der Prügel. In meinem derzeitigen Zustand ist Flucht ausgeschlossen, Selbstverteidigung auch. Bin mir ziemlich sicher, da lassen sich noch ein paar Zähne für die Zahnreinigung finden. Zu meiner größten Überraschung kommt der Mann mit dem Hoodie auf mich zu. Derselbe Horst, der mich am Eingang vom Halloway durchgecheckt hat. Zum ersten Mal fallen mir seine schicken Lederschuhe auf. Ich will ihn schon reflexhaft warnen, nicht in die Blut-und-Kotze-Pfütze zu latschen, halte mich aber zurück. Von mir aus kann der gerne durch Scheiße waten.

»Alles ein strategisches Manöver, Geronimo. Tut mir leid. Was Besseres ist mir nicht eingefallen, damit wir das inkognito machen können.«

Ich will ihn grad zu einer so exquisiten Formulierung wie »strategisches Manöver« beglückwünschen, da wird die Wirklichkeit ein bisschen unklarer. Ohne Vorwarnung, ohne einen Piep lässt er einen braunen Umschlag fallen, für meinen Geschmack zu nah an der Pfütze aus Regen, Blut und Kotze. Ich schnapp ihn mir schnell und steck ihn in die Hose, als hinge mein Leben an diesem Kack-Umschlag. Und dann merk ich, dass die Kombi aus Grand Marnier und Seitengassen-Abreibung echt ganze Arbeit geleistet hat, denn ich schnall erst mal gar nichts mehr.

Der Typ steckt sich eine an und redet weiter:

»Geht mich ja nix an, aber was hat der dir eigentlich getan?«

Ich überspiele mein Unbehagen, indem ich mich ein bisschen weiter aufrichte. Ich klopf mir einen Sargnagel aus meinem Päckchen. Dann ein scheeler Blick à la Tarantino, während ich ihm mein Profil präsentiere: Wilder-mit-Adlernase.

»Hast recht, geht dich nix an.«

Er lässt ein kurzes schneidendes Lachen ab. Dann ein langes fettes. Hoodie findet die ganze Situation offenbar lustig. Unterm Strich muss ich zugeben, an seiner Stelle würd ich mich auch wegschmeißen vor Lachen. Ich reagiere mit hämischem Meckern, in Serie, zum Abschluss dann ein tiefempfundenes »Fuck you«. Da wird er wieder ernst.

»Willst du ihn erpressen? Mir kannste nix vormachen.«

»Ich will nichts von dem Typen direkt. Ich mache das nur fürs Geld, genau wie du.«

Hoodie-Weißbrot wirkt enttäuscht. Er merkt, dass ich ihn anlüge. Dass ich den Big Chef genauso hasse wie die Hunde im Reservat Pick-ups. Selbst am Ende einer Seitengasse, mit ausgeschlagenen Zähnen und fast im Koma bin ich noch durchschaubar. Keine Ahnung, ob er das aus Höflichkeit macht oder weils ihm scheißegal ist oder weil er mir noch mal extra aufs Gewissen drücken will, aber er knallt mir meine Mutmaßung zurück:

»Wie kommst du drauf, dass ich das nur fürs Geld mache?«

Ich muss zugeben, die Frage überrascht mich, und anscheinend sieht man mir das an. Komischerweise wär ich nie drauf gekommen, dass dieser Grünschnabel, eigentlich ein Scheiß-Weißschnabel, andere Motive haben könnte als Knete. Und nicht bloß, weil er weiß ist. Ich bin einfach davon ausgegangen, dass einer, der seine Haut dafür riskiert, Leute auf Fotos zu kriegen und die Bildchen dann in diesem durchgeknallten Loch einem Wildfremden, einem fremden Wilden zu übergeben – dass das ein Drecksack aus der untersten Schublade sein muss, der einfach nur Geld für ne heiße Nacht mit ein paar jungen Bräuten braucht.

Auf einmal muss ich das unbedingt wissen.

»Warum machst dus denn dann?«, zische ich ihn an.

»Wer weiß? Vielleicht für den Kick. Um bisschen Wumms in mein Leben zu bringen. Oder vielleicht bin ich auch nur ein guter Soldat.«

Jetzt muss ich aber kichern. Nicht zu doll und nicht zu lang, weil das scheißweh tut im Magen und überall sonst, wo die hochprozentige Anästhesie nicht mehr wirkt.

»Gute Soldaten sind nicht neugierig. Die befolgen ihre Befehle und stellen keine Fragen.«

Er kommt näher, nimmt einen ordentlichen Zug, geht in die Knie, um sich auf mein Niveau herabzulassen, und bläst mir den Rauch voll ins Gesicht.

»Vielleicht ist alles viel einfacher, als du denkst. Vielleicht find ichs lustig, dabei zuzugucken, wie ihr euch untereinander zerfleischt wie die Hunde.«

Er hält die Pose einen Moment, zusammengekniffene Augen, zusammengekniffene Lippen. Der will mich einschüchtern, indem er hier den Cowboy spielt. Pfff! Alles Show. Rauchwolken und Spiegelfechtereien. Würd ich ihm vielleicht abkaufen, wenn er das Spielchen auch nur im Geringsten draufhätte, hat er aber nicht. Ich sage »vielleicht«, aber in Wahrheit ist es »vielleicht nicht«. Denn das würde überhaupt nichts ändern. Wir brauchen gar kein Würstchen im Hoodie, um bei uns Stunk zu machen. Seit dem heiligen »Indianergesetz« von vor über hundert Jahren hängen Gewitterwolken über dem Reservat. Bescheuertes kleines Weißbrot mit Napoleonkomplex, spielt hier den James Bond, um zu beweisen, dass er was Besseres ist als ein Indianerkontrolleur am Eingang von nem Idiotenschuppen.

Scheiß drauf!

Dieser Typ hat gar nichts gegen uns. Nee, der ist auf seinen Arbeitgeber sauer. Und wenn er noch so sehr Hoodie trägt und *Sopranos* spielt, er ist n kleiner Fisch. Der den Bonzen und Strippenziehern in den Arsch kriecht. Der Indianer vom Dienst, der nicht mal ein echter Indianer ist. Der ist doch garantiert genauso scharf drauf wie ich, dass die Fressen von den Fotos auf allen Kanälen und Bildschirmen flimmern. Damit hab ich zugegebenermaßen nicht gerechnet.

Ich muss wieder lachen. Ein großer befreiender Lachanfall, auch wenn meine schmerzenden Lungen Blut spucken. Ich lache, bis meine Wirbel klackern. Ich schau ihm in seine kleinen B-Schauspieler-Äuglein, und dann kotz ich ihm alles hin.

Er will wissen warum? Bitte sehr.

Die Wahrheit. Die ganze Wahrheit und nichts als die Wahrheit, Euer Ehren!

»Die Wahrheit ist, dass Big Chef Saint-Ours mir nix getan hat. Nix und niemals, bei keiner Gelegenheit. Nix Schlechtes und nix Gutes. Er hat mich nie ernst genommen, mich nicht mal auf der Straße gegrüßt. Aber ich hab gesehen, was er Kitchike antut. Wie er sich darin gefällt, im Leben von allen und jedem im Reservat den lieben Gott zu spielen. Wie er sich in absolut alles reinhängt, um Tag für Tag ein bisschen mehr Macht, Kontrolle, Geld und Privilegien zusammenzuraffen. Ich hab nie was dazu gesagt.

Wie der Rest der Zombiemeute hab ich so getan, als würd ich nix sehen, während der sich die Taschen vollgepackt hat. Ich hab gesehen, wie er drei Mal den Amtsleiter und die Hälfte der Verwaltungsbeamten geschasst hat, weil die keine Lust hatten, seine

Mauscheleien und seine Abzocke zu decken. Ich hab gesehen, wie er den Polizeichef mit der Drohung, ihn als Koksdealer hochgehen zu lassen, unter Druck gesetzt hat, als der seinen Schwiegersohn verhaften wollte, der saß nämlich an dem Abend, wo Diane Cœur-Brisé totgefahren wurde, besoffen am Steuer. Ich war untätiger Zeuge, als er den kleinen Angestellten das Gehalt kürzte, um weiter genug Geld für die Anwälte und Berater zu haben, die seine Wahlkämpfe finanzieren.

Wenn er die nicht als Rückendeckung für seine großen Wahlversprechen braucht, benutzt er sie, um jegliche Opposition mundtot zu machen, die zerrt er dann wegen übler Nachrede vor Gericht. Was ihn nicht dran hindert, durch die Welt zu jetten und überall zu verkünden, was für arme Opfer wir sind.

Und was war das Schlimmste, der Tropfen, der das eh schon übervolle Fass zum Überlaufen gebracht hat? Er hat die Grundschule auf Halbtagsbetrieb gesetzt, angeblich reichten die Mittel nicht aus, und gleichzeitig beantragt er eine Anschubsubvention für sein eigenes Business! Es reicht, verflucht noch mal, es reicht!

Sein Foto klebt überall im Reservat: der Großfürst von Kanada! Und keine Sau hat den Mumm, diesem elenden Verbrecher die Stirn zu bieten. In unserem verkackten Kommunistenregime, unserer hirnlosen Hühnerrepublik wissen die Leute genau: Wenn sie ein Haus, einen Kredit, einen Job, ein Jagdrevier, eine Impfung, eine Stunde auf dem Baseballplatz, einen Stand auf dem Powwow oder einfach nur den Gemeindesaal für die Hochzeit ihrer Tochter mieten wollen, müssen sie das Maul halten. Nein, schlimmer, sie müssen das Lied von Kitchike singen, in der richtigen Tonart und im richtigen Rhythmus, auch wenn sie den Text nicht kennen. Verfluchte Scheiße, ES REICHT!«

Der Mann im Hoodie lässt seine Zigarette in die Pfütze fallen, und atmet den Rauch, den er in den Lungen hält, ganz langsam aus. Bevor er sich verdrückt, sagt er noch:

»Du hattest Recht, Geronimo. Ich will genau dasselbe wie du.«

Wahrscheinlich ist es kein großer Unterschied, ob man ein Reservat führt, ein Business oder die Mafia. Jacke wie Hose. Bisschen wie in der Belle Époque auf dem »alten Kontinent«. Man versteckt seine Heuchelei unter einer dicken Schicht Romantik und seinen Rattengestank unter ranzigen Blütendüften. Im Grunde sind wir alle verdorben bis auf den Grund unserer Seele, falls es die überhaupt gibt.

Ich drücke meine Kippe aus und verpiss mich auch.

Im Hotel angekommen, bin ich nur noch geil, im Kopf schwirrt mir alles durcheinander, die Überraschungskörbchen, mein wackelndes Gebiss, schmutzige Hände. Ich hätte es machen sollen wie die Leute in den Kostümfilmen und mir kleine weiße Handschuhe anziehen. Heut Nacht werd ich schlecht schlafen. Aber morgen ...

Morgen, Wabush, bist du wieder in deinem verfickten Reservat, die Fotos in der Tasche, aber das Vögelchen, das singt, bist dann nicht du.

Fuck you, Big Chef.

Kapitel 9

Der Mann, der die Sterne zum Tanzen bringt

Yawendara war nicht wegen der Musik hier. Viel mehr interessierte sie der junge Mann, der vom Plakat. Er und das Geheimnis, das er in sich trug. Sie nahm einen Schluck von ihrem Blaubeertee. Lauwarm. Sie wartete ja auch schon eine Weile. Aber das störte sie nicht. In der Menge versteckt, fand die junge Frau Gefallen daran, den Künstler zu beobachten, der soeben die Bühne betreten hatte. Seine Haare waren geglättet und links und rechts zu zwei langen Zöpfen geflochten. Auf dem Kopf prangte eine Melone, verziert mit einer Silberbrosche und ein paar rot gefärbten Truthahnfedern. Das Gesicht darunter war hart und streng, Adlernase über blassen Lippen. Er wirkte jung. Achtzehn Jahre alt, vielleicht neunzehn, höchstens.

Das Café Wampum war ein ruhiger Ort. Ein kleiner Veranstaltungsraum am Rand von Kitchike, wo man den Dichtern, Exzentrikern und Kunstliebhabern des Reservats begegnen konnte, außerdem den Indianerfans aus der Stadt nebenan. Leckeres Essen, passabler Kaffee, gepflegtes Bier zu annehmbaren Preisen. Geschmackvolles Neo-Ethno-Design für Leute, die sich nicht von drittklassigem Folklorekitsch anöden lassen wollten. Dies war ohne Frage die angesagteste Location im Reservat, was allerdings, wenn man bösen Zungen glauben wollte, nicht viel hieß, bei dem eklatanten Mangel an Konkurrenz. Jedenfalls hatte der Laden ab und zu Konzerte von mehr als anständigem Kaliber im Programm. Und an diesem Abend trat hier ein junger Gitarrenvirtuose auf, angekündigt auf einem mehrfarbigen Plakat an einer der Steinwände: *Teandishru', der Mann, der die Sterne zum Tanzen bringt*. Der junge Mann war auf den verschiedenen indigenen Festivals des Landes aufgetreten und beendete seine triumphale Tournee nun zu Hause, vor etwa fünfzig versammelten Zuschauern. Dieses Publikum hatte er schon im Voraus in der Tasche.

Nach der Begrüßung – »Danke, dass ihr so zahlreich gekommen seid!«, »Ich freue mich, heute Abend hier bei uns zu spielen!« und andere fromme Lügen und unvermeidliche Klischees – begann endlich der Auftritt. Teandishru', auf einem niedrigen Holzhocker, ließ die Finger gekonnt über die Saiten gleiten und entlockte ihnen einige lebhafte, erhebende Klänge. Nein, Yawendara war nicht wegen der Musik hier, aber die Musik kam zu ihr. Wie alle im Publikum wurde sie bald von der Schönheit der Töne ergriffen, die in aufeinanderfolgenden Glückswellen zu ihren Ohren strömten. Die Melodie trug sie weit weg in eine heitere Gelassenheit, an einen Ort, der an alle Bewusstseinszustände grenzte. Weit weg, ja, aber nicht weit genug.

In den kleinen, leicht mandelförmigen Augen des Musikers brannte eine Leidenschaft, die jeden Ton beseelte. Yawendara schaute in den bläulichen Lichtschauer, der das Dunkel des Raums durchdrang, und erblickte nicht mehr einen Gitarrenspieler, sondern einen Schwärmer, einen Besessenen. Für Teandishru' war die Musik sicher nicht nur ein Beruf. Sie war seine Nahrung, ein Lebenselixier, das auch ihn verzauberte und das er mit jeder Faser seines Wesens verehrte. Der junge Mann gab sich den Melodien hin, ließ sich in die Verschmelzung mit seinem Instrument sinken und erschuf mit jedem Lied eine neue Welt. Eine solche Einheit zwischen einem Menschen und seinem Instrument hatte die junge Frau noch nie erlebt. Die Musik verwandelte ihn in ein höheres Wesen, einen unberührbaren Oki: reiner Rhythmus, reine Schwingungen, reine Schönheit, reine Kraft. Yawendara war wie hypnotisiert. Die Zeit schien stillzustehen, die Stücke folgten aufeinander wie in einem symphonischen Traum, aus dem sie nie wieder erwachen wollte.

Immer noch saß sie da, mit erhobenem Kinn, die Hände auf den Oberschenkeln ruhend. Aber anwesend war Yawendara nicht mehr. Ihr inneres Wesen streifte durch das leuchtende Nichts der Transzendenz, tanzte von einer Sphäre zur nächsten. Von dort oben versuchte sie zu erkennen, was sich in den verschiedenen Universen befand, indem sie sich die Wände zwischen ihnen genau ansah. Sie wusste schon lange, dass in solchen Sphären der Inhalt dem Behältnis gleicht, denn er ist nichts als eine dreidimensionale Projektion einer auf zwei Dimensionen begrenzten Raumzeitlichkeit. Doch in keinem Universum verweilte sie lang genug, um sich darin heimisch zu fühlen, der kosmische Tanz trug sie in immer höhere Bereiche des Bewusstseins empor.

Während Teandishru' den letzten Akkord des letzten Stücks lange, lange ausklingen ließ, brandete Applaus auf. Yawendara schlug erschöpft die Augen auf. Jetzt saß sie wieder in Kitchike fest. Verirrt. Verbannt. Verloren. Im Angesicht der Menge verschwand die mystische Kraft: Vorn sah sie nur noch Teandishru', einen jungen Mann ohne jegliches Charisma. In dem Moment fiel Yawendara wieder ein, dass sie nicht wegen der Musik hier war. Sie stieß einen tiefen Seufzer aus. Zeit, sich bekanntzumachen.

*

Erschöpft, aber ekstatisch ließ sich Teandishru' auf das Sofa in seiner Garderobe fallen. Ein Handtuch um den Hals, knöpfte er das Hemd ein Stück auf und schloss kurz die Augen. Dem Publikum hatte sein Auftritt gefallen. Zum dritten Mal diese Woche hatte er einen Saal gefüllt. Wobei das hier keine große Leistung war: Ins Café Wampum passten kaum mehr als besagte fünfzig Leute. Trotzdem war er zufrieden. Nein, stolz. Stolz und zuversichtlich, was die Zukunft betraf. Beim gestrigen Konzert hatte ihm der Besitzer des Ladens versichert, dass der Scout eines großen Veranstalters aus dem Westen im Publikum gesessen habe. Und der Auftritt des jungen Musikers habe ihn zutiefst berührt. Teandishru' sah sich schon auf der Bühne eines großen Konzertsaals, wo nur die vielversprechendsten Künstler auftraten. Davon träumte natürlich jeder Musiker, der in der nichtkommerziellen Szene unterwegs war. Teandishru' hatte eine glänzende Zukunft vor sich, und das wusste er. Er konnte ihn sehen, ihn fühlen, ihn fast schon berühren: den Traum, den er in sich trug.

Ein fremder Duft riss ihn aus seinen Gedanken, ein würziges, fruchtiges Parfüm kitzelte ihn in der Nase. Teandishru' schlug die Augen auf und drehte sich um. Neben dem Schminktisch stand eine junge Frau. Sie musste etwas jünger sein als er, vielleicht sechzehn oder siebzehn. Ihre Schönheit war wie eine Inspiration zu den großartigsten Melodien. Glatte, schulterlange Haare, ebenso schwarz wie ihre Augen. Ihr dunkles Samtkleid war nach alter Tradition mit verschiedenen Stängeln und Blüten bestickt, wahrscheinlich mit Elch- oder Pferdehaar. Ihre Gesichtszüge waren fein geschnitten. Bei ihrem Anblick konnte man meinen, die Schönheit der gesamten Schöpfung wäre nichts als eine zu ihren Ehren komponierte Hymne. Teandishru' war überrascht, betört, ja geblendet. Dafür, dass es bei ihm funkte, war er zu erschöpft, aber er merkte schon, wie sein Körper mit einem leichten Donnergrollen reagierte.

»Der Mann, der die Sterne zum Tanzen bringt«, spöttelte die junge Frau. »Ich hätte dich für größer gehalten. Und älter. Auf Werbung ist kein Verlass.«

Teandishru' merkte, dass er sie selig angrinste. Und dass sie gerade zu ihm gesprochen hatte.

»Arbeitest du hier?«

Die junge Frau blieb stumm. Sie schüttelte langsam den Kopf und beließ es bei einem Lächeln.

»Du interessierst dich für meine Musik?«

Sie lachte auf wie ein junges Mädchen, was sie ja auch fast noch war.

Teandishru' spürte, wie die Unsicherheit ihn im Genick packte.

»Dann hast du hier nichts zu suchen!«, stieß er hervor und stand auf. »Diese Garderobe ist nur für Künstler und ihre geladenen Gäste.«

»Oh, ich bin eingeladen, Teandishru'. Du hast mich eingeladen«, sagte sie geheimnisvoll.

Warum bekam er jetzt Gänsehaut angesichts ihrer zeitlosen Schönheit? Ihr Blick, so funkelnd er war, ließ ihn frösteln, das musste an der geradezu mystischen Aura der jungen Frau liegen. Er zögerte, verwarf den Gedanken, die Security zu rufen, und seufzte schließlich resigniert.

»Ich bin müde. Könntest du bitte gehen? Sonst muss ich ...«

Ihr Gesicht verdüsterte sich. Es wurde nicht unbedingt böse, eher hart wie Marmor.

»Mit Drohungen wirst du mich nicht los. Zu anderen Zeiten, als ich noch ein Kind war, bin ich mit steinernen Riesinnen fertiggeworden. Ich habe eine Horde wandelnder Toter überlebt. Ich habe mich im Wald der abgeschnittenen Köpfe verirrt und bin dem Sohn Agreskwes entgegengetreten. Da beeindrucken mich die Drohungen eines kleinen Jungen nur mäßig.«

»Hey! Ich bin neunzehn und ganz sicher älter als du! Willst du mir auch erzählen, dass du die fliegenden Köpfe mit bloßen Händen bekämpft hast? Dass du dich in einen riesigen Bären verwandelt hast, um einer menschenfressenden Trauerweide die Stirn zu bieten? Dann heißt du bestimmt auch *Yawendara*, was? Wir sind hier doch nicht in einem Märchen!«

»Nein, sind wir nicht«, antwortete die dunkle Schönheit. »Im Übrigen, was die fliegenden Köpfe und die menschenfressende Trauerweide betrifft, hast du recht: Das ist nie geschehen. Alles andere ist wahr. Und ich *bin* Yawendara.«

Meinte sie das ernst oder sollte das ein schlechter Scherz sein? Teandishru's Mutter war aus Wendake. Als Kind und Jugendlicher hatte er ein paar Jahre bei ihr gelebt. *Yawendara und der Wald der abgeschnittenen Köpfe* las man dort in der sechsten Klasse. Er erinnerte sich undeutlich an die Windungen und Wendungen des

Romans und an andere Abenteuer, die seine Mitschüler und er sich damals als Hausaufgabe ausdenken mussten. Selbst in seinen Kindheitsträumereien hätte er sich nicht ausgemalt, dass die Hauptfigur dieser Geschichte zum Leben erwachte und an seine Tür klopfte. Beziehungsweise sich ungefragt in seine Garderobe schlich. Entweder war das hier ein Fall von zweifelhaftem Humor oder von ziemlich schwerer Schizophrenie. Die erste Option wäre dem Musiker lieber gewesen, denn die zweite hätte eine weitere Frage aufgeworfen: Auf wen von ihnen beiden träfe die Diagnose zu?

»*Hänsel und Gretel* kenne ich auch«, warf Teandishru' ein. »Sind die eigentlich mit dir verwandt?«

»Ich glaube nicht«, sagte Yawendara nachdenklich. »Aber ich bin nicht hier, um über diese fernen Zeiten zu reden. Ich bin deinetwegen gekommen. Ich habe Fragen, und ich bleibe hier, bis du sie mir beantwortest.«

Teandishru' betrachtete sie lange und überlegte, wie er sie ohne großes Theater loswerden könnte. Sein Schweigen zog sich in die Länge, und er schaffte es nicht mehr, dem Blick der jungen Frau standzuhalten. Er war erschöpft, außerdem hatte er bohrenden Hunger. Er gab auf. Vielleicht hatte sie ja eine Schraube locker, aber gefährlich wirkte sie nicht. Außerdem war sie nicht gerade hässlich.

Er seufzte noch einmal.

»Okay, warte in der Kneipe auf mich.«

*

Nachdem sich der Musiker geduscht und umgezogen hatte, ging er zu Yawendara. Die Speisekarte war nicht besonders groß, aber am Wochenende gab es bis elf Uhr etwas zu essen. Außerdem bekam man hier den besten Sagamité-Eintopf in der ganzen Provinz, was er allerdings vor seiner Mutter niemals zugegeben hätte.

Yawendara nahm den Künstler mit scharfen Augen unter die Lupe. Der junge Mann war selbstsicher, ja arrogant, und sein Bühnencharisma hatte sich völlig verflüchtigt. Als hätte sie einen ganz anderen Menschen vor sich.

»Na? Was hat dich dazu gebracht, dich in meine Garderobe einzuschleichen und mich zu belagern?«, fragte er in scherzhaftem Ton.

Yawendara lächelte, dann verkündete sie:

»Das Amulett, das dir der alte Mann geschenkt hat. Eine Glasperle an einer Kette aus geflochtenem Gras. Es ist meines.«

Teandishru' wollte sich gerade den nächsten Löffel Suppe in den Mund schieben, stoppte aber auf halber Höhe und hob eine Augenbraue.

»Das Amulett?«, rief er verblüfft. »Du bist wegen einem billigen Anhänger hier?«

»Genau! Ich war gerade in der Nähe, da hab ich etwas gespürt ... etwas Starkes, Mächtiges. Und so wurde ich instinktiv von deiner Wirklichkeit angezogen. Ich kam näher und sah durch die Wand deiner Welt, sah, wie dir der alte Mann etwas schenkte ... mein Amulett!«

Aus Teandishru's Mund tropfte die Suppe, die er noch nicht heruntergeschluckt hatte. Langsam machte er den Mund wieder zu, kaute die restlichen Stückchen Fleisch, hatte Mühe zu schlucken.

Yawendara war das vollkommen Absurde ihres Ansinnens offenbar nicht bewusst. Dahinter musste noch irgendwas anderes stecken. Woher wusste sie, dass sein Onkel ihm eine Kette geschenkt hatte? Wieso konnte sie das Amulett so genau beschreiben?

»Spionierst du mir nach?«, fragte er misstrauisch.

»Nein! Ich weiß, dass der alte Mann mein Amulett gefunden hatte und es dir schenken wollte. Wahrscheinlich hat er etwas in dir gesehen. Deine Musik ist kraftvoll. Es muss einen Medizinmann unter deinen Vorfahren geben, dass du so ein Oki bist.«

Teandishru' erstarrte. Nervös kratzte er mit den Fingern über die Papierserviette. Sein Ärger war einer erstaunlich lastenden Angst gewichen. Wie konnte diese junge Frau, die auch noch behauptete, die Heldin eines Romans aus seiner Kindheit zu sein, so viel über ihn wissen? Das war nicht real. Das konnte nicht real sein. Er träumte, das musste es sein. Er musste vor lauter Erschöpfung in seiner Garderobe eingeschlafen sein und gerade träumen. Die Kellnerin riss ihn aus seiner Erstarrung.

»Ein Stück Bannockbrot vielleicht?«

Ohne die Augen von Yawendara zu lassen, schickte er die Kellnerin mit einer Handbewegung fort und rief aus:

»Bist du überhaupt real?«

»Aber sicher! Du mit deiner simplen, materialistischen Vorstellung von Wirklichkeit kannst das natürlich nicht verstehen. Du denkst zu abergläubisch!«

»Hey! Eine Figur aus einem Märchen nennt mich abergläubisch?«

»Von Märchen redest nur du. Ich *bin* Yawendara. Auch wenn es in eurer Welt von mir nur ein Echo gibt, kann ich doch einen Märchenerzähler oder einen Schriftsteller inspirieren. Oder sogar einen Regisseur, wie ihr das nennt. Das macht mich aber kein bisschen weniger real. Ich bin absolut real.«

Sie streckte dem skeptischen, verdatterten Teandishru' eine Hand hin, als wollte sie das ein für alle Mal klären. Sie nickte ihm auffordernd zu. Der Musiker gehorchte und ergriff die Hand, erst nur leicht, dann fester.

»Autsch! Du sollst mich anfassen, nicht mir die Finger zerquetschen!«

»Entschuldigung.«

»Also, sind wir uns einig: Ich bin real?«

Er nickte, immer noch völlig durcheinander. Im Grunde wusste Teandishru' nicht mehr, was er glauben sollte.

»Du sagst, du bist ein Wendat«, fuhr Yawendara fort.

»Meine Mutter, ja.«

»Okay, deine Mutter. Da, wo ich herkomme, bist du, wenn deine Mutter ...«

»Ich bin ein Kitchikeraner.«

»Kenn ich nicht. Egal. Wenn du ein Onkwehonwe bist, musst du doch wissen, dass wir mit unseren Augen nur einen winzigen Teil der Realität sehen können.«

»Schöner Aberglaube«, gab der Musiker zurück.

»Das ist wissenschaftlich erwiesen! Bei jedem Atemzug des Multiversums stieben Funken aus dem Urfeuer auf, und es entstehen neue Wirklichkeiten. Ist es da so verwunderlich, dass der tiefe Abdruck, den ich hinterlasse, in mehr als einer Dimension zu sehen ist? Hier existiert tatsächlich nur ein Echo meiner selbst. Ich komme aus einer anderen Welt, die besser geordnet ist als diese hier, schöner und freier, so viel –«

»Man sollte dich wirklich einsperren.«

»Aber wenn ich nur eine Romanfigur bin, die sich ein Autor ausgedacht hat, was will man mir dann vorhalten?«

Das war zu viel für den jungen Musiker. Ihm drehte sich der Kopf, Übelkeit stieg in ihm hoch. Dieses Gespräch musste so schnell wie möglich beendet werden. Und dann weg, weit weg von dieser jungen Schönheit, die ihm so die Sinne verwirrte.

Teandishru' nahm seine Tasche, tastete einen Moment lang in ihren Tiefen herum und zog dann das Amulett hervor, das ihm sein Großonkel Roméo geschenkt hatte. Als würde ein Blitz die Düsternis eines Gewitterhimmels zerreißen, flammte ein grelles Licht zwischen den Tischen im Café Wampum auf. Teandishru' erstarrte. Er besaß das Amulett seit ein paar Tagen, aber noch nie hatte es derart geleuchtet.

Yawendara zeigte sich nicht im Geringsten überrascht.

Sie streckte die Hand aus, nahm den Anhänger und bedeckte ihn mit den Handflächen, um das Licht zu dämpfen.

Die junge Frau band sich die dünne geflochtene Kette um den Hals und verbarg das Schmuckstück unter dem Kleid. In ihren tiefen Augen funkelten tausend Feuer. Mit einer sachten Bewegung, die eine Ewigkeit zu dauern schien, schloss sie die zarten Lider. Ein neues Lächeln auf ihren Zügen ließ sie schöner denn je aussehen. Eine Träne rollte an den Wimpern herab und löste sich, fiel wie in Zeitlupe nach unten. Und landete schließlich mit einem dumpfen Ton in ihrer Suppe. Eine Schockwelle breitete sich im Raum aus, und in der entstehenden Klangblase erstarrten alle Anwesenden.

Alle außer Yawendara und dem Musiker.

»Und nun, Teandishru'? Hältst du dich für realer als mich? Und die Leute hier, die Kellnerin? Glaubst du immer noch, deine Welt wäre realer als meine?«

Der junge Mann ließ den Blick schweifen, musterte kurz jeden der Gäste in der Blase, als wären sie Figuren in einem auf »Pause« gestellten Film. Tatsächlich wirkte gar nichts mehr real.

Teandishru' merkte, dass er keine Panik mehr verspürte.

Die tröstliche Wärme von Yawendaras Amulett hatte seine innerste Angst besänftigt. Die beunruhigenden Worte der jungen Frau erschreckten ihn nicht mehr. Ganz im Gegenteil. Teandishru' war im Frieden mit sich und der Welt, ganz genauso, wie wenn er sich der Musik hingab.

Er stellte überrascht fest, dass er an seinen Großvater dachte. Eine Erinnerung daran, als er fünf war, eine präzise, besondere Empfindung: eine Vollmondnacht am Rande eines heiligen Feuers, die glühenden Steine besprüht mit Zedernwasser. Die warme Geborgenheit der Schwitzhütte. Genau dasselbe Gefühl erfüllte ihn jetzt, in dieser Blase, die in einem tiefen Ton vibrierte. Und wie als Kind erlaubte er sich Zweifel. Zweifel an der ihn umgebenden Wirklichkeit und ihren Regeln, an allem, was er gelernt und für selbstverständlich gehalten hatte. Plötzlich erschien ihm die Welt neu und wunderbar, bot ihm Myriaden von überwältigenden Möglichkeiten.

In ihm überschlugen sich die Fragen. Er wusste nicht, wo er anfangen sollte, also beschloss er, der jungen Frau einfach blind zu vertrauen, so wie seinem Großvater vor langer Zeit.

»Ich weiß nicht, wo ich anfangen soll«, gestand er. »Welche Frage kann ich dir stellen, damit du mir ehrlich antwortest? Und ist das überhaupt ... erlaubt?«

»Viele Dinge sind es eigentlich nicht«, antwortete Yawendara. »Angefangen mit meiner Anwesenheit hier. Aber du hast schon ein ganzes Buch über mich gelesen, also solltest du wissen, dass mich Verbote noch nie von irgendetwas abgehalten haben. Nicht, wenn ich überzeugt bin, dass ich richtig handle, aus den richtigen Gründen. Außerdem macht mich deine Welt neugierig. Dein Dorf, deine Nation ...«

»Wieso neugierig? Mein Dorf ist mein kleines Universum, da bin ich halt aufgewachsen ...«

»In meiner Welt kommt dein Dorf nicht vor. Und auch in keinem anderen Universum, das ich bisher gesehen habe. Erst habe ich das für einen schlechten Scherz gehalten. Was für eine Sprache soll dieses Wort überhaupt sein, *Kitchike*? Was bedeutet es?«

»Keine Ahnung«, gab der Musiker zu. »Ich spreche meine Muttersprache nicht.«

»Weiß das hier irgendwer?«

»Nein, niemand. Es ist ein altes Wort.«

»Ich beherrsche mindestens sieben Sprachen, und ich kann dir versichern, dieses Wort kommt aus keiner davon. Es hört sich erfunden an. Künstlich. *Kitchi-*, das klingt nach einer Algonquin-Sprache. Auf Atikamekw oder Cree heißt das ›kraftvoll‹. Die Endsilbe *-ke* bezeichnet in den irokesischen Sprachen einen Ort, im Sinne von ›da, wo es dies gibt‹.«

»Was willst du damit andeuten? Dass meine Nation gar nicht existiert? Dass wir komplett erfunden sind ... So wie du?«

»Wendat gibt es in den meisten Universen, die ich bisher gesehen habe. In mehreren davon reicht eure Zivilisation über das Sonnensystem hinaus!«

»Und das soll mich trösten – dass ich zumindest zur Hälfte real bin?«, empörte sich der Musiker.

»Teandishru', ich will dich weder beleidigen noch beunruhigen noch verärgern. Aber deinen wahren Weg wirst du nur durch tiefe Erkenntnis finden.«

Teandishru' versuchte, die Tragweite ihrer Worte zu begreifen, und einen Moment lang drehte sich alles in seinem Kopf. Wenn er also ihrer Logik folgte – falls das, was sie sagte, überhaupt eine Logik hatte –, dann war er am Ende eine Art Malamek, Angehöriger einer fiktiven Nation? Und Kitchike war so etwas wie Kinogamish, ein fiktiver Ort? Wie in dem Stück *Wulustek* von Jenniss. Oder dem Film *Mesnak* von Sioui Durand. Seine ganze Welt war vielleicht also nur das Ergebnis einer Verallgemeinerung, ein Beispiel für indigenes Leben in einem fiktionalen Text? So unmöglich dieser Gedanke erscheinen mochte, er reizte ihn plötzlich, als etwas Mögliches, Wahres.

»Siehst du«, sagte Yawendara leise zu ihm, »deine Welt ist nicht realer als meine. Nicht in ihrer gegenwärtigen Form. Sie ist nur ... die Darstellung einer anderen Realität in niedriger Auflösung. Verzerrt, formbar, erschaffen aus einem Echo von anderswo, eine Verkörperung, die wahrscheinlich auf einen individuellen Schaffensprozess zurückgeht. Das kommt oft vor. Öfter, als du glaubst.«

»Du willst mir sagen, dass auch ich komplett zusammengebastelt worden bin? Das Produkt der Fantasie eines Autors?«

»Das habe ich zuerst geglaubt. Aber als ich dich vorhin spielen hörte und deine Kraft spürte, kamen mir Zweifel. Vielleicht ist der Vorgang doch gegenseitiger, als ich dachte.«

»Ich komm schon wieder nicht mit!«

»Und wenn es umgekehrt wäre?«, fuhr Yawendara fort. »Wenn alle exhibitionistischen Anwandlungen und jedes krankhafte Bedürfnis nach Aufmerksamkeit mit dem Willen zusammenhingen, an etwas Größeres zu glauben, als wir selbst es sind …? Und wenn unsere Schöpfer und unser Publikum von uns selbst erfunden wären? Damit wir uns weniger allein fühlen? Damit es uns so vorkommt, als hätte unser Leben für irgendwen irgendwo irgendeinen Sinn?«

Der Musiker, immer noch in der sacht zitternden Blase und der wärmenden Aura von Yawendaras milder Sonne, nahm sich Zeit, über ihre Worte nachzudenken.

Das Schweigen vibrierte weiter in der Tonhöhe der zeitlosen Sphäre, immer länger. Zum ersten Mal erfasste Teandishru' Yawendaras Zweifel ganz klar. Ihm brannte eine Frage auf den Lippen, auch wenn er die Antwort schon kannte:

»Du solltest gar nicht hier sein, oder?«

Die junge Frau zögerte, rutschte ein wenig auf ihrem Stuhl herum, nahm dann ihre vorige Haltung wieder ein, zuckte die Achseln und sagte:

»Natürlich nicht. Ich sollte zu Hause sein, in meinem Universum.«

»Warum bist du nicht dort? Warum war dein Amulett hier bei mir? Warum bist du … entwurzelt worden?«

Plötzlich brach die junge Frau in Tränen aus, ein Wasserfall, der die Suppe überschwemmte und die Klangblase zum Platzen brachte.

Gäste und Kellnerinnen erwachten wieder zum Leben, als wäre nichts gewesen.

Teandishru' erschrak.

Yawendara schien ihn nicht zu bemerken. Zwischen ihren Schluchzern brachte sie alles auf den Tisch, was sie im Traum gesehen hatte.

»Etwas ist schiefgelaufen. Mein inneres Wesen wurde gefangen, aus meiner Realität gerissen und über alle Dimensionen verteilt. Seitdem weint mein Schöpfer Tag und Nacht. Als hätte ihm jemand die Seele geraubt. Er isst nichts mehr, lässt sich gehen. Er hat sich komplett zurückgezogen und lebt wie ein Einsiedler. Ich muss ihn wiederfinden. Die Dinge in Ordnung bringen. Damit dieser Schmerz aufhört. Ich will zurück ins Universum meines Schöpfers, damit seine Tränen versiegen.«

Ohne Regung, ohne ein Wort hörte der Musiker ihr zu. Sie wirkte so zerbrechlich, so menschlich, so rein. Was zählte das Publikum, das ihn im Westen erwartete, die große Karriere, auf die er hier hoffen konnte, die Träume, denen er noch vor ein paar Stunden nachgehangen hatte – alles Illusion. Was jetzt allein zählte, lag vor ihm: die Wahrheit, wie die junge Frau sie ihm offenbart hatte. Er sehnte sich nur noch nach der ekstatischen Erfahrung, Yawendara auf ihrer Suche zu begleiten.

»Brauchst du dafür die Kraft das Amuletts, das du von Kleine Schildkröte bekommen hast?«, fragte Teandishru', der Roman aus seiner Kindheit stand ihm wieder vor Augen.

»Nein, das Amulett ist nur ein Kompass. Um durch die höheren Sphären des Bewusstseins zu reisen, brauche ich aber so viel Energie wie möglich. Ich brauche dich«, sagte sie und wischte sich die letzten Tränen vom Gesicht. »Kommst du mit?«

*

Teandishru' setzte sich mit der Gitarre an ein Lagerfeuer irgendwo im Wald von Kitchike und brachte sein Instrument zum Singen. Er mochte der schöpferischen Fantasie eines anderen entsprungen sein, aber auch er war ein Künstler, ein Schöpfer. Diese Erkenntnis veränderte alles für ihn. Er war keine Marionette, nein. Er handelte, er bewirtschaftete das Land der Götter, in ihm vereinigten sich viele

Wurzeln und die verschiedenen Alter desselben Baumes. Nun, da er erkannt hatte, dass er ein kleines Rädchen im großen Ganzen war, konnte er loslassen, losfliegen, empor zu den höheren Ebenen des Bewusstseins. Und seine wahre Rolle einnehmen: sich durch das Unendliche bewegen, dessen Möglichkeiten erkunden, dessen Geschichten, die aus dem Urfeuer gewonnenen Erzählungen.

»Und was ist mit den Legenden? Mit all unseren Geschichten, die keine Autoren haben und seit Jahrhunderten mündlich weitergegeben werden?«

»Ich weiß es nicht. Vielleicht sind das stabilere Welten, eigenständige Universen, und sie brauchen keinen Schöpfer, der sie speist. Weil sie sich bereits auf der obersten Stufe des Bewusstseins befinden ... Jetzt schwirrt mir auch schon der Kopf! Also, bist du bereit?«

Falls der Musiker von jemandem erfunden worden war, der ein großes Bedürfnis nach Aufmerksamkeit hatte, war er ihm jedenfalls dankbar dafür. Es wurde Zeit für ihn, den Ort seiner Geburt zu verlassen und Strömungen hervorzubringen, die ihn in neue Welten trugen, wo er selbst seine Leserschaft und, noch wichtiger, seinen Schöpfer entwerfen konnte. Er war voll und ganz davon überzeugt, dass dies seine Bestimmung war. Allerdings wurde ihm auch klar, dass er keine Ahnung hatte, wie er sich durch diese Gefilde bewegen sollte. Er ließ die Saiten seines Instruments los und stand auf.

»Moment mal, kannst du mir vorher erklären, wie das geht – die Blase eines Universums verlassen?«

»Mach dir keine Sorgen um den Start. Aber Vorsicht bei der Landung. Wenn du erst einmal das Dach einer Welt durchbrochen hast, befindest du dich im freien Fall.«

Yawendara flocht sich die Haare zum Zopf und holte das Amulett unter ihrem Kleid hervor. Teandishru' schloss die Augen und gab sich seinem Instrument hin. Bei jedem neuen Ton, den er spielte, glühte die Kugel heller. Das Leuchten der kleinen Sonne vereinte sich mit dem des Feuers, und bald waren die beiden jungen Leute ganz und gar in Licht gebadet.

»Wie überlebe ich den Fall, wie geht das?«

»Nur mit dem Glauben, Teandishru'. Du musst glauben.«

»Woran? An dich?«

Die junge Frau lächelte schelmisch.

»Nein, glaub einfach daran, dass du die Sterne zum Tanzen bringen kannst.«

Und das klangvolle Licht entriss sie dieser Daseinssphäre und trug sie mitten hinein in die kosmische Ursuppe.

Niemand aus dem kleinen Universum von Kitchike sah die beiden je wieder. Sie seien in den Westen ausgewandert, wurde behauptet, und hätten ihre Seele auf der Downtown Eastside von Vancouver verloren. Andere sagten, Teandishru' sei vom Glauben abgefallen und bringe seine Gitarre nicht mehr zum Singen. Die ganz Alten, die die Klage der Plejaden hören können, kennen eine andere Wahrheit.

Sie sagen, die beiden lebten fortan glücklich, im Schmelzbad aller Realitäten, und zeugten dort im Lauf der Zeit Tausende Kinder.

Kapitel 10

Der große Absturz

Chef Saint-Ours schob sich mit feuchten Pranken die Brille hoch, die ihm vor Aufregung und Schweiß auf die Nasenspitze gerutscht war. Zum wiederholten Mal sah er sich die auf seinem Schreibtisch verstreuten Fotos an. Er entdeckte nichts anderes darauf als bei den letzten zwölf Malen. Das Geschäftsessen auf der Ranch. Er, der Bankier, der Investor, der Anwalt und der andere. Der andere, dessen Namen man nicht aussprechen durfte. Alle, die direkt oder indirekt an dem Freizeit- und Tourismusprojekt Poste-au-Chien-Blanc beteiligt waren. Difreddi. Scheiße, jetzt hatte er den Namen doch gesagt. Difreddi.

»Jac-que-li-ne!«, brüllte der Chef aus vollem Hals, woraufhin seine Sekretärin mit einem Kaffee in sein luxuriös ausgestattetes Büro gerannt kam.

Sie war nervös und noch fahriger als sonst, was dem Chef aber nicht auffiel.

»Endlich«, sagte er nur. »Wurde aber auch Zeit. Und jetzt, meine liebe Jac-que-line, müssen wir uns ranhalten. Jede Minute zählt. Wenn du heute Abend noch einen Job haben willst, um deine Brut zu ernähren, möchte ich dir wärmstens ans Herz legen, die Armleuchter auf dieser Liste zu kontaktieren und sie in mein Büro zu bestellen. Und zwar in dieser Reihenfolge. Noch heute Vormittag. Weil, wenn die Medien erst mal hier aufkreuzen, dann gute Nacht.«

I

Jakob der Nichtsnutz kam eine Viertelstunde nach Jacquelines Anruf seelenruhig ins Büro spaziert. Dazu muss man wissen, dass er weder einer regelmäßigen Arbeit nachging noch irgendeinem Hobby frönte, das ihn zu Hause oder anderswo festgehalten hätte, und so dachte er, als der Reservatschef ihn in sein Büro bestellte, dass dieser vielleicht einen Aushilfsjob für ihn hätte oder wenigstens eine pikante Anekdote. Die Anekdote erfuhr Jakob allerdings schon auf dem Weg zum Reservatsrat, als er kurz in der Tanke vorbeischaute, und er kapierte sofort, dass sie nicht nur pikant war, sondern dass man sich an ihr die Finger verbrennen konnte, die Art von Anekdote, die einem im Hals steckenbleiben und einen ersticken konnte, aber da nicht er derjenige war, der daran ersticken würde, betrat er das Büro des Reservatschefs mit der gemäßigt guten Laune, die für ihn typisch war und die Saint-Ours heute mehr noch als sonst auf die Palme brachte.

»Wie ist die Stimmung da draußen? Was erzählen die Leute in der Tanke? Glaubst du, wir können Schadensbegrenzung betreiben?«

»Alle wissen Bescheid, Chef Saint-Ours. Ich hab eine Viertelstunde für den Weg hierher gebraucht, und sogar die Straßenköter verbreiten die große Neuigkeit. Überall sonst hätte sich längst eine Menschenmenge vor dem Gebäude gesammelt, und wütende Demonstranten würden Ihren Rücktritt fordern.«

»Und weiter?«

»Weil wir hier in Kitchike sind, nehme ich an, dass die Leute sich nur das Maul zerreißen und dann brav drauf warten, dass die Québecer Bullen ihre Arbeit tun oder der Minister Sie vom Thron stößt.«

»Und du findest das lustig? Das gefällt dir wohl, du kleiner Nichtsnutz?«

»Gefallen tut mir das nicht, nein. Aber ich finde es schon lustig, dass Sie sich Ihre ganze erste Amtszeit über die Abzocke Ihres Vorgängers aufgeregt haben und sich in Ihrer zweiten Amtszeit dann selber erwischen lassen. Nehmen Sie's mir nicht übel, aber schwarzer Humor ist so ziemlich das Einzige, was uns hier bei der Stange hält. Dafür vielen Dank!«

»Und wer war das? Wer hat das gemacht? Hast du nichts mitgekriegt? Du steckst doch deine Nase immer in alles, was dich nichts angeht.«

»Ich kenne hier im Reservat niemanden, der sich mit solchen Leuten abgibt, Chef Saint-Ours. Außer Ihnen natürlich, aber davon wusste ich ja bis heute Morgen nichts. Ich dachte eigentlich, Sie könnten mir was dazu sagen.«

»Wenn ich es wüsste, bräuchte ich dich ja nicht!«, brüllte der Chef und lockerte seine Krawatte.

»Okay, okay! Kein Stress! Was die Wartung Ihres Pools angeht, kann ich mich da gern weiter drum kümmern, während Sie im Knast sind. Ich würd sagen, für die nächsten drei Jahre zum selben Preis, aber irgendwann muss man natürlich die Inflation draufschlagen ...«

»Verpiss dich!«, blökte Saint-Ours, das Gesicht rot wie eine Chilischote.

Und Jakob der Nichtsnutz verpisste sich brav.

II

Der Anwalt ließ durch seine Sekretärin ausrichten, dass er sich leider nicht mit Chef Saint-Ours treffen und ihn auch nicht vor Gericht vertreten könne, um den Anschein eines Interessenskonflikts zu vermeiden, er ihm aber nachdrücklich ein anderes Mitglied seiner Kanzlei empfehle, was den Chef noch mehr in Rage versetzte, als Jacqueline es für möglich gehalten hätte.

Nachdem er vergebens alle zwölf Apostel, die acht Märtyrer Kanadas und sogar die erst selig-, und dann heiliggesprochene Kateri Tekakwitha angerufen hatte, beschloss er auf recht abrupte und eigenmächtige Art und Weise, jegliche Geschäftsbeziehungen zu besagter Kanzlei, die seine sämtlichen Wahlkampagnen finanziert hatte, abzubrechen und brüllte in den Hörer, dann würde er seinen »alten Freund« eben vor Gericht wiedersehen, und zwar nicht als seinen Anwalt, sondern neben ihm auf der Anklagebank. Saint-Ours war ziemlich sicher, schneller aufgelegt zu haben als die Nulpe am anderen Ende, aber um ganz sicher zu gehen, knallte er den Hörer dreimal mit aller Kraft auf das Telefon und brüllte dabei auf sehr unchristliche Weise den Namen des Messias, der Muttergottes und des Zimmermanns aus Nazareth.

III

Der Investor hatte in einem früheren Leben als Lehrer in der Stadt nebenan gearbeitet, er war alleinstehend, kinderlos und frisch pensioniert, und schon vor einigen Jahren hatte er seine Einkommensquellen peu à peu diversifiziert, indem er seine Spargroschen in verschiedene, mehr oder minder zwielichtige Projekte investierte. Ein ehemaliger Schüler aus dem Reservat, ein Zauberkünstler, der die Magie der Zahlen meisterhaft beherrschte, vor allem die Kunst, sie wegzuzaubern und im richtigen Moment wieder hervorzuzaubern, hatte ihm Beteiligungen an verschiedenen Geschäften angeboten. Und auf Betreiben dieses Indianers, der seiner Meinung nach nur auf dem Papier einer war, hatte der Investor Chef Saint-Ours kennengelernt. Seitdem hatte er besagten Chef auf der Ranch oder in der Großstadt getroffen, aber niemals im Reservat oder in der Stadt nebenan, um keinen Verdacht zu erregen. Daher reagierte er höchst verschnupft auf Saint-Ours' Ansinnen, er möge ihn so schnell wie möglich in seinem Büro aufsuchen.

Der Investor legte auf, schluckte sein letztes Stück Croissant hinunter, stellte die Marmelade in den Kühlschrank, spülte Teller und Besteck sorgfältig mit warmem Wasser ab und räumte sie in die Spülmaschine. Er zog sein Hemd aus, bevor er sich die Zähne putzte, prüfte sein Lächeln, ob er etwa Zahnseide benutzen musste, kam zu dem Schluss, dies sei überflüssig, ärgerte sich einen Hauch zu lang über das anhaltende Schwinden seines Haupthaars, legte drei verschiedene Krawatten auf sein Hemd, um die Farbkombination zu prüfen, beschloss dann, gar keine Krawatte zu tragen, zog das Hemd aber wieder an. Bevor er aufbrach, konnte er einem Espresso mit hübschem Schaumkrönchen nicht widerstehen, was er bitter bereute, als er beim Eintreffen im Büro des Reservatschefs bemerkte, dass ein paar braune Tröpfchen die Manschette seines Ärmels zierten.

»Du liebes Bisschen!«, rief er aus. »Wie sieht denn das aus! In aller Öffentlichkeit!«

»Ich weiß, ich weiß«, erwiderte der Chef. »Reg dich ab. Die Medien haben noch nichts mitgekriegt.«

»Die Medien?«

»Von unserem Projekt! Poste-au-Chien-Blanc! Was sonst?«

»Ach so. Poste-au-Chien-Blanc, ja natürlich. Und ich dachte, das wäre ein gutes Geschäft.«

Die Ruhe, fast schon Gleichgültigkeit des Investors brachte den Chef aus dem Konzept und drückte auf seine Stimmung. Er schwieg einen Moment, in der Hoffnung, sein Gegenüber würde sich zu einer Erklärung genötigt fühlen, verlor aber angesichts von dessen Ungerührtheit die Geduld.

»Mehr hast du nicht zu sagen?«, fuhr er ihn an.

»Ich wüsste nicht, was es da noch zu sagen gibt«, antwortete der andere gemessen. »Ich muss mit meinem Finanzberater sprechen und herausfinden, wie viel von meinem Geld ich zurückbekommen kann.«

»Geld?«, tobte Saint-Ours. »Hier geht es um unseren Ruf, Monsieur Klasse! Und um unsere Freiheit! Für so was kommt man ratzfatz in den Knast!«

Der Chef schnappte nach Luft und wartete auf eine Reaktion, eine Antwort, irgendein Zeichen zu seiner Beruhigung, aber sein Gegenüber hörte ihm nicht zu, sah ihn nicht mal an. Sein Blick schweifte geistesabwesend über das Mobiliar, blieb dann an seinen Knien hängen und schließlich an seinen Händen. Er streckte sie vor sich aus und musterte sie ausgiebig, als wären sie voller Blut.

»Dieser Fleck! O Gott, der wird nie mehr weggehen!«

»Sehr richtig, Monsieur Klasse«, sagte der Chef voller Genugtuung. »Wir stecken tief in der Scheiße! Alle zusammen!«

»Ich spreche vom Kaffee auf meinem Hemd«, sagte der Investor ungehalten. »Was das andere Thema betrifft, habe ich Ihnen nur Kapital für infrastrukturelle Maßnahmen zur Verfügung gestellt. Was Sie damit angefangen haben oder damit anfangen wollten, weiß ich nicht. Ich weiß gar nichts. Mein einziger Fehler war, den falschen Leuten vertraut zu haben.«

Chef Saint-Ours sprang von seinem Bürosessel auf und hätte den Lackaffen am liebsten links und rechts geohrfeigt, doch er zügelte sich, was nicht gerade leicht war, da er vor Wut fast überkochte:

»Du verlogenes Stück Scheiße! Glaubst du wirklich, dass du so einfach davonkommst? Dass die Medien dein kleines Spiel nicht durchschauen?«

»Was denken Sie denn?«, antwortete der Investor mit unverschämter Gelassenheit. »Wem wird man die Rolle des naiven Opfers wohl eher abnehmen? Dem Indianerhäuptling, der sich die Taschen vollstopft? Oder dem weißen Lehrer, der seine hart erarbeiteten Spargroschen investiert, um den armen Wilden zu helfen?«

»Du beschissenes Weißbrot!«, schrie der Chef und donnerte bei jedem Wort mit der Faust auf den Tisch. »Meinst du wirklich, ich hätte keine Beweise?«

Der Investor stand auf, strich sich Hemd und Hose glatt und beobachtete dann unbewegt, wie der Chef mit seinen großen Pranken die Papiere und alle anderen Gegenstände vom Schreibtisch fegte, schloss daraus, dass das Gespräch beendet war und er unterm Strich den Sieg davongetragen hatte. Trotzdem konnte er es nicht lassen, sich ein letztes Mal, bevor er den Raum verließ, in die Brust zu werfen, denn was hatte man schon von seinen Privilegien, wenn man sie anderen nicht unter die Nase rieb:

»Monsieur Saint-Ours, selbst wenn Sie Beweise gegen mich haben sollten, was ich sehr bezweifle, stünde immer noch Ihr Wort gegen meins. Und die Medien, das Gericht, die Geschworenen und sogar die meisten Ihrer eigenen Leute werden dem weißen Mann aus der Mittelschicht glauben. Immer und überall. Das ist eine Tatsache. Das wissen Sie so gut wie ich. Das wissen alle.«

Jacqueline warf sich vor den Investor, und der Tacker traf sie seitlich am Hals. Sie geleitete den Besuch hastig zum Ausgang, bevor ihr Chef sich noch mehr Ärger einhandelte. Dann bemühte sie sich, die zertrümmerten Blumentöpfe, zerknüllten Dokumente und zerbrochenen Bilderrahmen verschwinden zu lassen, die der Raserei ihres Chefs zum Opfer gefallen waren, bevor sich der nächste Besucher einstellte, der zu ihrem Glück und für Saint-Ours' Geschmack einen Tick zu lang auf sich warten ließ.

IV

Der Bankier ließ für Saint-Ours' Geschmack einen Tick zu lang auf sich warten, was ihn misstrauisch machte. Natürlich war der Bankier ein Geschäftsmann, aber anders als sein Spitzname vermuten ließ, war er kein richtiger Bankier. Niemand wusste besser als der Reservatschef, dass Bestechung für Vincent Yaskawish kein Fremdwort war und bei allen wichtigen Projekten im Reservat im Hintergrund die Fäden zog. Er kannte die richtigen Leute, wusste sie um den Finger zu wickeln und navigierte wie ein geschickter Steuermann, der weiß, was man tun muss, wenn der Wind dreht, durch das raue Fahrwasser der Politik, was vermutlich erklärte, warum er ein langjähriger Abgeordneter des Reservatsrats war, sowohl unter der Herrschaft der Tooktoos als auch unter den Saint-Ours.

»Wo warst du, verdammt?«, bellte der Chef, ohne aus seinem Sessel aufzustehen.

»Chef Saint-Ours, du weißt genau, dass ich vor den Sommerferien viel zu erledigen habe. Da wären unter anderem die Investitionen in das neue Sägewerk –«

»Investitionen? Wir zwei stehen kurz davor, unsere Posten zu verlieren! Und dann können wir unsere Visagen auf Fahndungsplakaten bewundern! Und im Knast versauern!«

»Chef, ich versteh dich ja, aber du weißt genau, dass die Wirtschaft keine Rücksicht auf die Partikularinteressen der Politik nehmen kann. Die Geschäfte im Reservat müssen weiterlaufen, denn nur, wenn sie Geld abwerfen, können wir die Bedürfnisse unserer Leute und die der Investoren befriedigen.«

Von der Flut neoliberaler Plattitüden, die aus dem Mund des Bankiers sprudelten, wurde dem Reservatschef schwindelig. Der Bankier spielte die Rolle des assimilierten feinen Pinkels mit Bravour, und seine manierierte Art widerte Saint-Ours an. Er lehnte sich kurz zurück, um einen klaren Kopf zu bekommen.

Das strahlende Grinsen des Bankiers, das nicht so recht zu dem bronzefarbenen Teint, der weißen Krawatte und seiner verkohlten Seele passen wollte, der ergraute Schopf, der farblich auf den Anzug abgestimmt war, und sein generelles Auftreten, eine Imitation der Finanzhaie von der Wall Street, alles, was ihm sonst dabei half, die Wähler des Reservats, leichtgläubige Investoren und junge Frauen auf der Suche nach einem exotischen Sugar Daddy zu umgarnen, all das rief bei Chef Saint-Ours tiefste Verachtung hervor. Er hatte Yaskawish seit seinem Eintritt in die Politik toleriert, weil er Verbündete brauchte, der Mann bereits etabliert war und sich als sehr nützlich erwiesen hatte. Doch jetzt war sein Bedarf gedeckt.

»Verdammt, Vincent! Kannst du mal kurz aufhören, dich wie eine Schwuchtel aufzuführen, und der Wahrheit ins Gesicht sehen! Hier!« Der Reservatschef hielt ihm ein Foto direkt vor die Nase. »Wessen hübsches Gesicht ist das wohl auf dem Foto, direkt neben meinem? Deins, du Depp!«

Vincent Yaskawish schloss die Augen und unterdrückte ein Lächeln. Er hielt den Kopf erhoben, entspannte die Schultern und ließ endlich auch die Maske des Unschuldslamms fallen. Was er dem Chef gleich ungeschminkt verkünden wollte, würde diesem nicht schmecken:

»Das ist nur ein Foto. Ein Foto, auf dem ich in der Tat in Gesellschaft einiger zwielichtiger Gestalten zu sehen bin. Aber ich bin nur deshalb auf diesem Foto zu sehen, weil der Reservatschef mich per

E-Mail zu einem Treffen zitiert hat, für das ich übrigens im Vorfeld weder eine offizielle Einladung noch eine Tagesordnung zugeschickt bekommen habe, so dass ich keinerlei Kenntnis davon hatte, um welche Art Geschäft es an diesem Tag gehen würde.«

»Leck mich am Arsch! Das war doch deine Idee, dieses ganze Projekt! Du warst derjenige, der mich den Kapitalgebern vorgestellt hat. Und du machst auch am meisten Profit dabei!«

»Wenn das der Fall wäre, würde ja wohl meine Unterschrift auf irgendeinem Dokument auftauchen«, antwortete Yaskawish ruhig. »Oder ich wäre zu einem weiteren Treffen eingeladen worden, was sich durch irgendein Protokoll beweisen ließe.«

»Verflucht, Yaskawish! Du warst doch derjenige, der nicht wollte, dass wir ...«

Der Reservatschef verstummte abrupt. Er atmete geräuschvoll aus, und der Bürosessel ächzte unter seinem Gewicht. Der Bankier nahm seine Aktentasche, straffte die Schultern, bedachte Saint-Ours ein letztes Mal mit seinem strahlenden Grinsen und stolzierte mit klackenden Absätzen zur Tür hinaus, den Kopf so hoch erhoben wie immer.

V

Lorette Paul, eine langjährige Freundin der Familie Saint-Ours, stand im Ruf, sich von allen politischen Grabenkämpfen fernzuhalten. Und im Unterschied zu dem anderer Bewohner von Kitchike entsprach ihr Ruf der Wahrheit. Daher wunderte sich Madame Paul sehr, dass Chef Saint-Ours sie in sein Büro zitierte. Sie zögerte einen Moment oder zwei, überlegte, ob sie auf eine derart unverschämte Anfrage überhaupt reagieren sollte, und entschied dann, ihrer Neugier nachzugeben. Selbst wenn sich die Erfahrung als unerquicklich erweisen sollte, hätte sie hinterher wenigstens eine interessante Anekdote, die sie ausschmücken und ihren Kolleginnen in der Tanke erzählen könnte. In ihrem Alter hatte sie sonst nicht mehr viele Gründe, jeden Morgen aufzustehen und zur Arbeit zu gehen.

»Meine liebe Lorette«, sagte der Chef mit allzu honigsüßer Stimme, »du weißt, wie schwer es in meiner Position ist, anderen zu vertrauen. Deshalb wende ich mich heute an dich, weil ich weiß, dass wir uns verstehen.«

Jack machte eine Pause für den dramatischen Effekt, hauptsächlich aber, um auf die Reaktion der alten Lorette zu lauern, und als diese ihn weiter mit einem aufrichtigen Lächeln ansah, ging er davon aus, dass er die Situation im Griff hatte, und setzte seinen Monolog fort. Der Reservatschef liebte nicht viele Dinge hienieden, aber er liebte es, sich reden zu hören.

»Wir beide verstehen uns, weil wir denselben Blick auf die Welt haben. Wir sind ehrlich. Loyal. Gegenüber unseren Leuten, unserer Nation, unserer Familie, unseren Freunden ...«

»Natürlich«, antwortete Madame Paul und setzte sich in Positur. »Alle wissen, dass ich für denselben Arbeitgeber tätig bin, seit ich fünfzehn war.«

»Wir glauben an etwas, du und ich«, fuhr der Chef fort. »Wir haben das Herz auf dem rechten Fleck. Wir handeln nicht aus Egoismus. Wir sind ... Patrioten. Echte Patrioten. Wenn wir sehen, dass jemand in Schwierigkeiten ist, haben wir keine Angst, uns die Hände schmutzig zu machen, sogar durch den Schlamm zu waten, wenn es sein muss, um unsere Nachbarn, unsere Brüder und Schwestern zu retten. Aber leider gibt es Leute, die unsere Großherzigkeit ausnutzen wollen. Manchmal passen wir nicht gut genug auf. Und jemand legt uns aufs Kreuz.«

»Und du hast mich hergerufen, weil ...?«

»Jemand hat mir eine Falle gestellt, Lorette«, sagte Saint-Ours eindringlich. »Ich weiß, dass du das verstehst. Weil dir vor langer Zeit dasselbe passiert ist.«

Madame Paul fixierte den Reservatschef, um ihm auf den Zahn zu fühlen und zu sehen, wie lange er die Rolle des armen Opfers spielen konnte. Nachdem sie seinem Blick zweiunddreißig Sekunden lang standgehalten hatte, war sie diejenige, die es nicht mehr aushielt und die Augen niederschlug, was die alte Dame maßlos ärgerte.

»Jack«, sagte sie, ohne sich um eine respektvollere Anrede zu scheren, »spielt du auf das eine Mal an, als ich der kleinen Tooktoo die Kasse überlassen habe, um auf Toilette zu gehen?«

»Ich sage, dass wir einander ähnlich sind, du und ich. Dass wir dasselbe durchmachen.«

Madame Paul ließ den Chef zappeln und wiegte den Kopf hin und her, weil ihr das beim Denken half, bis ihr aufging, dass sie schon jetzt die Nase voll von diesem kleinen Spiel hatte, das sich als genauso unerquicklich erwies, wie sie befürchtet hatte. Hier gab es nichts, was sie später ausschmücken konnte, keine lustige Geschichte, die sie den anderen würde erzählen können, also hob sie den Blick und sagte ohne Umschweife:

»Nehmen wir mal an, wir sind einander ähnlich und lassen uns auf dieselbe Weise reinlegen. Sag nicht, du hast mich herbestellt, um mir genau das mitzuteilen. Was willst du von mir?«

»Du bist die Königin der Tanke, Lorette. Die Leute hören auf dich, egal zu welchem politischen oder religiösen Lager sie gehören. Wenn du ihnen die Wahrheit sagst, werden sie dir glauben. Dass Yaskawish und seine rassistische Schwuchtel von einem Lehrer mich reingelegt haben!«

Jetzt war die Katze aus dem Sack. Seltsam, die Wahrheit war eher enttäuschend. Banal und vorhersehbar. Mit Sicherheit kein Stoff für einen Roman, höchstens für eine Story. Also entschied sich Lorette für ein schnelles Ende. Schließlich hatte sie nicht viele freie Tage.

»In einem Punkt hast du recht«, sagte sie versöhnlich. »Wir alle machen Fehler. Ich habe mit siebzehn eine schlechte Entscheidung getroffen und der falschen Person vertraut, und ich habe teuer dafür bezahlt. Ich habe monatelang Überstunden gemacht und Alphonse jeden Cent zurückgezahlt.«

»Aber wir reden hier doch nicht von einem Griff in die Kasse, von ein bisschen Wechselgeld«, brauste der Chef auf, und mit einem Mal klang seine Stimme gar nicht mehr honigsüß. »Kannst du dir vorstellen, was das für Folgen hat?«

»Du findest schon eine Lösung, da bin ich mir sicher«, sagte Lorette voller Empathie. »Und egal, was passiert, die Legende von Jack Saint-Ours wird dich überleben, das garantiere ich dir. Viel Glück, Chef!«

Madame Paul stand auf und bewegte sich Richtung Tür, aber im Schneckentempo, immerhin war es ja möglich, dass eine Beleidigung, ein wenig Heulen und Zähneklappern oder eine kleine körperliche Attacke das Ende ihrer Geschichte aufpeppten.

Aber den Gefallen tat ihr Saint-Ours nicht.

VI

Arthur Halloway war der jüngste von Difreddis acht unehelichen Söhnen. Dem Chef zufolge hatte er eine besondere Begabung für Verschwiegenheit, weshalb er oft als Kontakt- oder Mittelsmann für die krummen Geschäfte seines Vaters diente, wenn er nicht gerade hackedicht in seiner eigenen Bar rumlag, einem Rattenloch für Grufties und andere Schlappschwänze, benannt nach dem betrogenen Ehemann, dem Arthur seinen Nachnamen verdankte. Als Jacqueline anrief, hätte der junge Halloway sie liebend gern zur Sau gemacht, aber da er keinen Vorwand dafür fand, sagte er nur, sie solle sich aus der Leitung verpissen und ihm sofort ihren Chef ranholen.

»He, Winnetou! Du spielst mit dem Feuer? Du wirst dir ganz schön die Finger verbrennen!«, schnauzte er ins Telefon.

»An deiner Stelle wäre ich vorsichtig mit den Drohungen! Weißt du, was ich hier gerade in der Hand habe, Halloway?«

»Eine schlecht geschmierte Altarkerze? Fick dich! Hast du echt geglaubt, wir merken nicht, dass du uns verarschen willst?«

»Wovon redest du?«, fragte der Chef verwirrt. »Ich wollte dich warnen. Es gibt da belastende Beweise, die bald an die Öffentlichkeit dringen –«

»Hör auf, mich für dumm zu verkaufen, wenn dir deine Hackfresse lieb ist. Ich weiß genau, dass du einen deiner dreckigen Wilden damit beauftragt hast, bei uns rumzuschnüffeln. Wenn du das nächste Mal einen Maulwurf im Anzug in meine Bar schickst, nimm einen, der clever genug ist, meine Bitch nicht anzubaggern, klar?«

Das Gespräch nahm einen ganz anderen Verlauf, als es sich der Reservatschef vorgestellt hatte, und da er kein Wort von dem Geschwafel kapierte, beschloss er, den Hosenscheißer abzuwürgen.

»Vergiss es, okay? Ich regle das mit deinem Vater.«

»Mein Vater weiß Bescheid, Sitting Bull. Und er lässt schöne Grüße ausrichten, der Deal ist geplatzt. Das Projekt läuft natürlich weiter, und du wirst dich höchstpersönlich drum kümmern, wenn dir deine Eier lieb sind. Aber deinen Anteil kannst du vergessen. Finito! Du kriegst keinen Cent. Ich kann dir nur raten, die Arschbacken zusammenzukneifen und deine Männer nicht mehr aus euerm Gehege zu lassen. Die sollen mal schön stillhalten wie brave kleine Rothäute.«

Am liebsten hätte Chef Saint-Ours dem dreisten Wichser eine ordentliche Ansage gemacht, aber er stellte stoisch fest, dass ihm dazu die Kraft fehlte. War das Angst, was er da im Bauch spürte? Nach dieser neuen Entwicklung hätte er allen Grund dazu gehabt. Nein, es war eher eine Art Resignation, eine wohltuende Ruhe. Er war müde, furchtbar müde. Seit dem Morgen hatte er seinen Zorn an allen möglichen Leuten ausgelassen, und er würde nichts davon haben, den Difreddi-Clan noch weiter gegen sich aufzubringen. Jack Saint-Ours legte ohne Beleidigung und ohne ein Wort des Abschieds auf.

VII

Der dicke Labelle hatte die Welt von Osten nach Westen und von Norden nach Süden bereist und unter Heiden und Gottlosen jeglicher Couleur Gottesfurcht verbreitet, nur um gegen Ende seiner Karriere in diesem beengten, kleinstädtischen Reservat zu landen, einem der letzten Orte in Kanada vermutlich, wo Bibel und Kreuz noch Ehrfurcht und Respekt einflößten. Der Pfarrer und Missionar war weder bei den Gemeindemitgliedern noch bei den politischen Autoritäten Kitchikes besonders beliebt. Das wusste er, aber es ging ihm, gelinde gesagt, am Allerwertesten vorbei. Nächstenliebe war eine sehr nützliche Strategie, um die Gläubigen weichzuklopfen und sie unter der Fuchtel Roms zu halten, aber er persönlich konnte gut darauf verzichten. Die Liebe seines Gottes, an den Tagen, wenn er an ihn glaubte, reichte ihm völlig. Die restliche Zeit gab er sich mit der Ehrfurcht und dem Respekt seiner Schäfchen zufrieden. Da unterschied sich seine Weltsicht gar nicht so sehr von der des Reservatschefs, was vielleicht erklärte, warum die Beziehung der beiden Männer von gegenseitigem Respekt und einer grundsätzlichen Gleichgültigkeit gekennzeichnet war, vor allem aber von ausgesuchter Höflichkeit und dem wortreichen Austausch von Komplimenten, wenn sie einander in der Öffentlichkeit begegneten.

An diesem Tag war das anders.

»Kommen Sie rein, Pfarrer«, sagte der Chef. Er stand am Fenster und blickte auf das Alltagsleben im Reservat hinab. »Setzen Sie sich.« Pfarrer Labelle musterte den angebotenen Sessel, stellte fest, dass die Armlehnen den zur Verfügung stehenden Platz empfindlich einschränkten, und kam zu dem Schluss, dass er, falls es ihm überhaupt gelänge, seine vier Buchstaben hineinzuzwängen, niemals wieder hochkommen würde, ohne sich zu blamieren. Also schleppte sich der dickbäuchige Pfarrer schweren Schrittes zum Fenster, wo Saint-Ours stand.

»Monsieur Saint-Ours«, schnaufte er. »Sie wirken bedrückter als sonst. Was liegt Ihnen auf der Seele?«

Der Chef lehnte die Stirn an die Scheibe und ließ die Schultern hängen. Seine Stimme hatte völlig kraftlos geklungen. Dabei war es nicht seine Art, sich von einem Priester in die Karten schauen zu lassen, vor allem nicht von Labelle. Der Mann war imstande, die unsichtbaren Ströme der Verzweiflung sichtbar zu machen und jeden einzelnen Tropfen zu seinem Vorteil zu nutzen. Das wusste Saint-Ours nur zu gut, weil er über dieselbe Fähigkeit verfügte.

Warum hatte er Labelle noch gleich in sein Büro bestellt? Warum sollte von allen Männern und Frauen im Reservat ausgerechnet der Pfarrer ihm helfen können? Das Einzige, was er zu bieten hatte, war seine Macht über die Gläubigen. Natürlich roch der dicke Labelle den Braten, und er verzog seine Hängebacken zu einem Grinsen, das Saint-Ours bei genauerer Betrachtung ziemlich aufrichtig fand. Der Priester hatte ihn durchschaut. Es konnte für Saint-Ours nur einen einzigen Grund geben, ihn auf Jac-que-li-nes Liste zu setzen: Er wollte, dass Labelle die Frömmigkeit der Bewohner von Kitchike nutzte, um sie auf den heiligen Pfad zurückzuführen. Den Pfad der Saint-Ours, der »heiligen Bären«, die, nomen est omen, schon immer auf heiligen Pfaden gewandelt waren. Doch irgendetwas hielt ihn zurück, und er bekam nicht so recht zu greifen, was es war. Jack Saint-Ours wurde von einem ... Gefühl geplagt. Was war das nur? Hatte er ein schlechtes Gewissen? Empfand er Scham? War das, was er vorhatte, vielleicht unrecht? War es unrecht, sich die Gottesfurcht zunutze zu machen, um sein politisches Überleben zu sichern? Und verdiente er das überhaupt?

Jack Saint-Ours war normalerweise niemand, der sich über derlei Dinge den Kopf zerbrach. Er war kein Zweifler. Seine Fähigkeit zur Selbstkritik beschränkte sich auf kreisförmige Gedankengänge mit ihm als Epizentrum, um das alle anderen tanzen mussten. Er war ein aufrichtiger Mensch, also war alles, was er tat, ebenfalls aufrichtig, und wer diese Meinung nicht teilte, war entweder unaufrichtig oder dumm. Er hatte immer recht, und wenn er doch einmal falsch lag, dann hatte er auch damit recht. Aber jetzt brachte ihn das große Holzkreuz, das Labelle um den Hals trug, zum Nachdenken, und darauf hätte er gut verzichten können.

»Herr Pfarrer«, sagte er matt. »Ich … ich habe einen Fehler gemacht.«

Der Priester sah ihn aus seinen Froschaugen an, mit einem Blick zwischen Reserviertheit, Verständnis und Verwirrung.

»Möchten Sie die Beichte ablegen?«

Saint-Ours zögerte. Er beherrschte diese Rolle nicht gut, reumütig und zerknirscht, quasi auf Knien um Vergebung zu bitten, ein Verhalten, das er oft an seinen Mitbürgern beobachtete, wenn sie in sein Büro kamen, weil sie ihn um eine Gefälligkeit bitten wollten. Und obwohl seine innere Stimme ihn eindringlich davor warnte, dem Priester zu vertrauen, setzte er in diesem Moment alles daran, besagte Haltung einzunehmen.

»Herr Pfarrer, ich habe mich auf die falschen Leute verlassen. Ich habe mich etwas zu weit vom rechten Weg entfernt, wenn auch in bester Absicht. Ich meine, als ich Reservatschef wurde, wollte ich die Dinge verändern. Das Ansehen unserer Leute und das der Familie Saint-Ours verbessern. Aber ich glaube, ich bin vom Weg abgekommen … Ich habe mich verrannt …«

»O nein!«, unterbrach ihn der dicke Labelle streng. »Kommen Sie mir nicht mit solchen Gemeinplätzen.« Er machte mit seinen Schwabbelarmen eine abwehrende Bewegung. »Wenn Sie die Absolution wollen, müssen Sie schon präziser sein: ›Vergeben Sie mir, Vater, denn ich habe gelogen, betrogen, gestohlen et cetera pp.‹«

Vor Überraschung und Ärger über die Reaktion des Pfarrers zog sich Saint-Ours der Magen zusammen. Er gab sich größte Mühe, sowohl das Gefühl als auch die Unterbrechung zu ignorieren und sagte in gemessenem Ton:

»Glauben Sie, man wird mir vergeben?«

»Sind Sie auf die Vergebung Gottes aus oder auf die Nachsicht Ihrer Mitbürger?«

»Ich ... Ich will einfach nur meinen Hals retten«, gestand der Chef in einem Anflug von Ehrlichkeit.

»Aha. In diesem Fall müssen Sie Buße tun, mein Sohn.«

»Ich glaube kaum, dass ein paar ›Gegrüßet seist du Maria‹ mir in dieser Situation weiterhelfen.«

Der dicke Labelle musterte den Reservatschef aus seinen Glubschaugen und bedachte ihn mit einem Reptiliengrinsen.

»Vermutlich nicht«, sagte er und bewegte sich auf die Tür zu. »Aber etwas Engagement für unsere heilige Kirche würde mir sicher dabei helfen, Ihnen helfen zu wollen.«

Die Eingeweide des Chefs zogen sich noch etwas fester zusammen, und er spürte, wie sich der Knoten von seinem Magen nach oben bewegte. Er straffte die Schultern und machte einen Schritt auf den Priester zu.

»Was wollen Sie damit sagen? Dass Sie mir nicht helfen können, weil ich mich nicht oft genug in der Kirche blicken lasse?«

»Nein, nein, Sie sind ein vielbeschäftigter Mann«, sagte Labelle versöhnlich. »Bei Ihrer knapp bemessenen Freizeit müssen Sie sich auch mal ausruhen ...«

»Was dann?«, sagte der Chef und spürte, wie der Knoten ihm in den Hals wanderte.

»Mir ist zu Ohren gekommen, dass der Reservatsrat sich früher, also zu Zeiten der Tooktoos, geweigert hat, den Gemeindesaal zuchtlosen Ketzern zur Verfügung zu stellen. Und ich habe gehört, dass es verboten war, in der Grundschule von heidnischen Ritualen zu sprechen. Wissen Sie, diese Art von guten Taten gefallen unserem Herrgott besonders gut. Und seiner Kirche auch.«

»Und nehmen wir einmal an, ich würde versprechen, diese Art von ... Buße zu tun, wären die Kirche und ihr würdiger Vertreter dann bereit, mich während meiner inneren Einkehr öffentlich zu unterstützen und ein gutes Wort für mich einzulegen?«

»Ach, kommen Sie! Gelebter Glaube ist doch kein Wahlkampf. Gute Absichten allein reichen nicht. Nur Taten zählen. Man muss erst Buße tun, bevor man auf Vergebung hoffen darf.«

Jack Saint-Ours beherrschte die Rolle des reuigen Sünders schlecht, aber er kannte die Spielregeln der Politik und konnte Gelegenheiten, Koalitionen und Prioritäten gut einschätzen. Und er konnte rechnen. Daher brauchte er keine drei Sekunden, um die Gleichung zu lösen, die sich aus der impliziten Bitte des Priesters ergab und die sein Geist unter der Formel (a+b+c+d=e) zusammenfasste:

a) Er war in seiner derzeitigen Position nicht in der Lage, eigenmächtig ein Verwaltungsdekret zu erlassen;
b) er hatte keine Zeit, eine Sitzung mit allen Abgeordneten einzuberufen, um vom gesamten Reservatsrat eine Verordnung verabschieden zu lassen;
c) der für die Nutzung des Gemeindesaals Zuständige würde sich weigern, einen direkten Befehl von ihm entgegenzunehmen, dito die Elternvertretung der Grundschule;
d) die Anzahl der Traditionalisten und Pfingstler zusammengerechnet war mindestens so groß wie die der gläubigen Katholiken.

Saint-Ours hob das Kinn, trat ein wenig zu nah an den Pfarrer heran und entledigte sich des Knotens, der ihm in der Kehle saß, indem er ihm ins Gesicht spuckte:

»Wenn das so ist, sehen wir uns in der Hölle. Du wirst dort vermutlich länger braten als ich, *Vater*.«

VIII

Yvette Saint-Ours wollte nichts mit Politik zu tun haben, vor allem nicht, seit ihr jüngerer Bruder an der Macht war. Doch da sie von den Vorteilen, die sein Posten mit sich brachte, selbst reichlich profitierte, musste sie sich seiner Bitte beugen und in seinem Büro antanzen. Die ausweichenden Blicke der Passanten, denen sie unterwegs begegnete, brachten sie zu der Überzeugung, dass etwas im Busch war. Außerdem wirkte Jacqueline fast schon panisch, hielt ihr aber trotzdem höflich wie immer die Tür zum Büro des Reservatschefs auf.

»Großer Gott, Jack!« rief sie aus, als sie sah, in welchem Zustand sich der Raum befand. »Hat man bei dir eingebrochen?«

Jack Saint-Ours hob eilig ein paar Dinge auf, die vor dem Bücherregal lagen, und wagte nicht, seine Schwester anzusehen. Er machte nur eine Handbewegung, die Yvette nicht zu deuten wusste. Fast wirkte es, als gäbe er sich geschlagen.

»Jack?«, bohrte sie weiter, mit ungläubiger Stimme. »Warst du das etwa?«

»Himmelherrgott, Yvette«, sagte er mit schwerer Stimme, »ich habe jetzt wirklich andere Probleme!«

Die alte Dame zog alle Falten in ihrem Gesicht lang, tippelte auf kurzen Beinen zu ihrem Bruder und gab ihm eine schallende Ohrfeige.

»Jack Saint-Ours! Pfui, wie redest du denn. Egal, was du angestellt hast, lass den lieben Gott aus dem Spiel!«

Jack musste sich ein Lachen verkneifen. Am liebsten hätte er gesagt, dass es dafür zu spät sei, dass er den lieben Gott bereits um Hilfe angefleht habe, sein irdischer Vertreter sich aber weigere, ihm zu helfen, woraufhin er ihn zum Teufel geschickt habe, doch der Reservatschef beschloss, dass er besser den Mund hielt, um sich eine weitere Ohrfeige zu ersparen.

Dass Jack nichts sagte, passte der alten Dame nicht. Die Mitglieder der Familie Saint-Ours waren noch nie große Freunde des Schweigens gewesen, vor allem nicht, wenn es gegen sie gerichtet war. Mit zusammengepressten Lippen packte Yvette das Kinn des Chefs und zwang ihn, den Kopf zu senken, damit sie ihm in die Augen sehen konnte. Sie mochte schmächtig sein und einen halben Meter kleiner als ihr jüngerer Bruder, aber sie hatte keine Angst vor ihm. Und sie konnte nicht hinnehmen, dass ein Saint-Ours einen derartigen Defätismus an den Tag legte.

»Jack, was ist los? Was hast du getan?«, fragte sie in hartem Ton.

Der Chef nahm ihre Hand in seine große, schweißfeuchte Pranke und löste sie vorsichtig von seinem Kinn.

»Es spielt keine Rolle, was ich getan habe«, sagte er. »Nicht mehr. Ein Sturm wird über uns hinwegfegen, und es wird ein Weilchen dauern, bis sich die Turbulenzen legen.«

Die knapp einen Meter dreißig große alte Dame verstellte ihm den Weg. Als ihr dämmerte, dass ihr Bruder nicht zu kooperieren gedachte, verpasste sie ihm ein, zwei Schläge mit der Handtasche, um ihn zur Räson zu bringen.

»He!«, schnauzte Yvette. »Du magst Reservatschef sein, aber ich bin immer noch die Familienälteste. Ich will wissen, was los ist. Vor allem, wenn ich hinterher die Scherben aufsammeln muss.«

Jack Saint-Ours seufzte tief und sagte dann ohne Umschweife:

»Poste-au-Chien-Blanc. Wie soll ich sagen, die Finanzierung ist nicht ganz –«

»Du kennst die Regeln«, unterbrach sie ihn. »Du ziehst die Familie da nicht mit rein. Ich will nicht wissen, was du getan hast. Ich will nur wissen, was wir jetzt tun können.«

Angesichts der Entschlossenheit und Stärke der alten Dame gewann der Chef die Fassung wieder. Und mit der Fassung kehrte auch seine Überheblichkeit zurück.

»Es gibt eine undichte Stelle. Jemand aus Kitchike war in der Stadt und hat sich dort gewisse Fotos besorgt. In so einer schwuchteligen Gruftie-Kneipe. Ist noch nicht lange her. Höchstens ein paar Tage.«

»Ein Tooktoo?«

»Glaub ich nicht. Jedenfalls niemand aus dem Umfeld des Bankiers. Yaskawish ist ein intrigantes Arschloch, aber er würde nicht auf eine lukrative Einkommensquelle verzichten, nur um mich zu Fall zu bringen.«

»Können wir den Schaden begrenzen?«

»Das hab ich schon meinen kleinen Nichtsnutz gefragt. Wohl nicht. Die Sache ist raus.«

»Hast du Rückendeckung für eine abweichende offizielle Version? Verbündete oder Zeugen, die du kaufen kannst?«

Der Reservatschef schüttelte den Kopf. Er hob die Fotos auf und gab sie seiner Schwester, die sie beunruhigt musterte und dann angewidert auf den Schreibtisch warf.

»Ich wünschte, Papa würde noch leben«, seufzte Jack. »Er hätte gewusst, was zu tun ist. Er hätte mich unterstützt.«

»Nein«, sagte seine ältere Schwester herablassend. »Wenn Papa noch leben würde, wäre er immer noch Reservatschef, und du würdest in seinem Schatten stehen. Und selbst wenn du es geschafft hättest, ihn vom Thron zu stoßen, hätte er dich in deiner eigenen Scheiße ertrinken lassen, um anschließend wieder seinen Platz einzunehmen. Er war immer der Meinung, er wäre Reservatschef von Gottes Gnaden.«

»Sehr ermutigend, Yvette.«

»Wenn du dich nach aufbauenden Worten sehnst, frag den alten Noé. Egal, was passiert, du wirst dich zusammenreißen und einen kühlen Kopf bewahren, so wie es sich für einen Saint-Ours gehört. Und die Verräter werden bezahlen. Die soll dein ganzer Zorn treffen!«

Die Worte sickerten dem Reservatschef in die Seele und stießen dort auf fruchtbaren Boden. Seine Schwester hatte natürlich recht. Sentimentalitäten und Defätismus waren eines Saint-Ours' unwürdig. Er musste sich fassen, und zwar schnell. Trotzdem hatte er sich etwas konkretere Hilfe von seiner Schwester erhofft.

»Kannst du mir einen Anwalt besorgen, der sich auskennt?«

»Natürlich, Jack!« Seine Schwester stellte sich auf die Zehenspitzen und drückte ihm einen Kuss auf die Wange.

Sie tippelte zur Tür, und bevor sie den Raum verließ, fügte sie noch hinzu:

»Übrigens fällt mir grad ein, dass mir am Sonntag in der Tanke Pierre Wabush über den Weg gelaufen ist. Er hatte einen komischen schwarzen Anzug an, nicht seine übliche Jogginghose. An deiner Stelle würde ich mich in der Richtung umhören.«

Der Chef brüllte Jacquelines Namen, und sie kam wie immer sofort angerannt. Er kritzelte ein paar Zahlen und Buchstaben auf einen Zettel, faltete ihn zusammen, schob ihn in einen Umschlag und drückte besagten Umschlag seiner Sekretärin in die Hand.

»Bestell diese Leute hier in mein Büro, hübsch nacheinander. Und mach dich auf die Suche nach Pierre Wabush. Zack zack.«

Jacqueline nickte und stürzte zur Tür hinaus.

IX

Roméo, der alte Traditionalist, schätzte den Reservatschef Saint-Ours nicht besonders, genauso wenig wie dessen Vorgänger. Er hatte insgesamt keine große Sympathie für Lokalpolitiker. Bestenfalls betrachtete er sie als notwendiges Übel, schließlich musste irgendwer die Amtsgeschäfte des Reservats führen, schlimmstenfalls als seelenlose Raubvögel, die das kulturelle Fundament ihrer Nation zum eigenen Nutzen aushöhlten. Doch immer, wenn ihm dieser Gedanke kam, rief er sich in Erinnerung, dass es im Inneren jedes Menschen ein Licht gab, ein klein wenig göttliche Magie, selbst bei Menschen, die dem Chaos zuneigten. Ganz davon abgesehen, dass für die ewige Erneuerung des Universums beides nötig war, Ordnung und Chaos. Beide Kräfte mussten ständig umeinander herumtanzen, um das kosmische Rad in Bewegung zu halten. Jeder hatte seinen Platz darin, selbst der unangenehmste Zeitgenosse.

»Monsieur Saint-Ours, können Sie mir erklären, was ich in Ihrem Büro mache, anstatt draußen das schöne Frühlingswetter zu genießen?«

»Hör schon auf, Méo«, sagte Saint-Ours fest.

»Gut«, erwiderte der Alte, und sein Lächeln erlosch. »Dann tu mir wenigstens den Gefallen und komm gleich zur Sache.«

»Erzähl mir, was du weißt, dann sparen wir beide kostbare Zeit.«

»Ich weiß, dass sich ein Gerücht wie ein Lauffeuer in Kitchike verbreitet hat. Offenbar hat es in der Post seinen Anfang genommen. Aber da ich diese Woche noch nicht auf der Post war, bin ich nicht auf dem neuesten Stand. Wenn man den Kunden der Tanke glaubt, steht dein Sturz kurz bevor. Und da du mich herzitiert hast und ganz allein in deinem Büro sitzt, sind dir offenbar die Vertrauten abhandengekommen. Fasst das die Sache zusammen?«

»Willst du nicht wissen, was die Leute sich erzählen? Was ich getan haben soll? Ob es der Wahrheit entspricht?«

»Eigentlich nicht«, murmelte Cœur-Brisé. »Ich möchte nur wissen, was ich hier mache.«

»Yaskawish ist schuld. Er hat alles eingefädelt, um sich auf Kosten der Gemeinschaft zu bereichern, und jetzt, wo wir aufgeflogen sind, will er mir die Sache in die Schuhe schieben.«

»Tja«, sagte alte Mann gleichgültig.

»Findest du das etwa gerecht? Findest du es richtig, dass die Québecer Bullen hier aufkreuzen und mir Handschellen anlegen und diese beschissene Schwuchtel von Yaskawish davonkommt?«

Roméo Cœur-Brisé atmete aus. Er war niemand, der Streit suchte oder das Messer in der Wunde umdrehte. Er hielt nichts von Rache oder Groll. Die Situation des Reservatschefs bereitete ihm weder Freude noch Genugtuung. Doch dem alten Cœur-Brisé wäre es wesentlich leichter gefallen, seine hochkochenden Gefühle zu verbergen, wenn Saint-Ours sich nicht auf die hehren Prinzipien berufen würde, die er seit Jahren mit Füßen trat.

»Warum bin ich hier?«, fragte Roméo zum wiederholten Mal und schluckte seine Wut hinunter.

»Die Traditionalisten werden mich unterstützen, wenn du mit ihnen redest, Méo. Nur sie können mich jetzt noch retten, und nur du kannst sie überzeugen.«

Der alte Mann warf ihm einen mitleidigen Blick zu und stieß einen Seufzer aus.

»Tut mir leid, Jack. Was wäre ich für ein spirituelles Vorbild, wenn ich meinen Einfluss für politische Zwecke missbrauchen würde?«

»Nicht für politische Zwecke, Méo. Um einen Mann aus einem Sumpf der Lügen und der Ungerechtigkeit zu befreien!«

Das kann er nicht wagen, dachte Roméo Cœur-Brisé, nicht mir gegenüber. Er kann doch nicht die Frechheit haben, sich als unschuldiges Opfer darzustellen, oder schlimmer noch, als Vertreter von Rechtschaffenheit, Wahrheit und Gerechtigkeit. Er wird es nicht wagen, diese Schwelle zu überschreiten, weil er ganz genau weiß, in welche Richtung das Gespräch dann gehen wird.

»Und warum sollte ich das tun, Jack? Warum sollte ich meine Ehre und Integrität aufs Spiel setzen, um dir zu helfen?«

»Weil du so ein Mensch bist, Méo. So verstehst du dich. Als jemand, der an Moral und Rechtschaffenheit glaubt. Der uneigennützig Gutes tut. Und das predigst du auch deinen Traditionalisten. Wenn du mich jetzt hängen lässt, kannst du dann heute Abend noch in den Spiegel sehen?«

Das war genau der Grund, warum Roméo Cœur-Brisé Politiker hasste. Weil es ihnen trotz ihrer Arroganz und ihrem mangelnden Taktgefühl, trotz der schamlosen und zutiefst rücksichtlosen Art, mit der sie andere benutzten, immer wieder gelang, in den Kopf der Menschen einzudringen und sie an ihren Instinkten zweifeln zu lassen, indem sie ihre Prinzipien und Werte auf den Kopf stellen. Doch Roméo Cœur-Brisé war kein kleines Kind mehr. Er war alt, zu alt für diese Art von Spielchen. Er mied Politiker nicht, weil er sich in ihrer Gegenwart hilflos fühlte, sondern weil ihm nicht gefiel, zu was für einem Menschen er in ihrer Gegenwart wurde. Daher rief sich Roméo in Erinnerung, dass er sich nur treu bleiben konnte, indem er sein Inneres glatt und klar wie einen See werden ließ, so dass er seinem Gegenüber das eigene Bild spiegelte. Wahrhaftig zu sein war ein sicherer Wert, erprobt durch Erfahrung und Verschleiß.

»Ich bin für dich doch nur ein Werkzeug. Du meinst, mich zu kennen, und denkst, du könntest mich mit Rhetorik manipulieren?«

»Méo, das ist keine Manipulation. Das liegt dir in den Genen. Das ist eine Tatsache. Sieh dir nur deine Cousine Jac-que-li-ne an. Ich schäkere nicht mit ihr herum, aber das stört sie nicht. Sie weiß, wo ihr Platz ist. Sie tut, was sie für richtig hält. Sie ist eine echte Cœur-Brisé, genau wie du.«

»Dann soll ich dir also aus der Klemme helfen, weil das mein Platz ist?«, empörte sich Roméo. »Weil meine Familie dazu da ist, den Herrschenden zu dienen? Den Saint-Ours? Dein Vater wäre stolz auf dich!«

Der Reservatschef schloss die Augen, einerseits, um den Tiefschlag zu verdauen, andererseits, um die Wut, die in ihm hochkochte, zu kontrollieren. *Sein Vater? Wie konnte Roméo es wagen, ihn mit seinem Vater zu vergleichen?* James Saint-Ours hatte zwanzig Jahre lang mit eiserner Faust geherrscht. Er war erbarmungslos gewesen, ein Rohling, ein echter Kriegerhäuptling. Jack war nicht wie sein Vater, aber er war ein Saint-Ours, und das reichte. Er holte tief Luft, schlug die Augen auf und fixierte Cœur-Brisé.

»Und was ist mit Diane? Du weißt genau, dass Diane gewollt hätte, dass die Wahrheit ans Licht kommt und Yaskawish für sein Komplott bezahlt!«

Das Herz des alten Roméo setzte einen Schlag aus. Eine Welle der Gefühle ergoss sich in sein Inneres, und ihm wurde schwindlig.

Natürlich mussten sie darauf zu sprechen kommen. Er hatte es von dem Moment an gewusst, als er das Büro betrat. Egal, was er gesagt oder getan hätte, das Gespräch hätte zwangsläufig diesen Verlauf genommen, davon war er überzeugt. Vor Übelkeit taumelte er einen Schritt zurück, fing sich aber gleich wieder. Er war um einen ruhigen Tonfall bemüht und räusperte sich, um nicht mit belegter Stimme zu sprechen.

»Diane? Diane ist tot, Jack. Meine Schwester ist vor genau fünf Jahren von uns gegangen, in der Nacht, als dein betrunkener Schwiegersohn sie überfahren hat. Aber natürlich kam nie ans Licht, was damals passiert ist, weil du gleich am nächsten Tag alle Polizisten des Reservats gefeuert hast, einschließlich des Polizeichefs. Du hast die Sache unter den Teppich gekehrt. Und jetzt wagst du, mir mit Diane zu kommen? Mir was von Wahrheit und Gerechtigkeit zu erzählen?«

»Du bist mir was schuldig«, rief der Reservatschef zwischen Arroganz und Verzweiflung. »Wenn ich nicht das Schwitzhütten-Verbot aufgehoben hätte, das Tooktoo auf Betreiben des jungen Baptistenpfarrers erlassen hatte, wärst du längst pleite. Du bist mir was schuldig, und heute ist Zahltag.«

An den psychopathischen Zügen des Reservatschefs hatte der alte Coeur-Brisé nie gezweifelt, aber dieser absolute Mangel an Empathie, gerade jetzt, machte ihm klar, dass Saint-Ours noch viel bösartiger war, als er gedacht hatte. Nachdem der Überraschungseffekt verflogen war, nachdem der Schmerz nachgelassen hatte, spürte er sogar einen Anflug von Mitleid, wie die ersten Sonnenstrahlen am Morgenhimmel. Doch das war natürlich nur ein Trugbild, ein vom Reservatschef sorgfältig vorausgeplantes Gefühl. Er musste dieses Gespräch beenden, eindeutig.

»Ich weiß, Jack«, sagte Roméo mit fester, aber sanfter Stimme. »Und deshalb werde ich etwas für dich tun. Eine einzige Sache. Ich werde in den Wald gehen und für dich beten. Ich werde Diane und unsere Ahnen darum bitten, dass sie dich zum Nachdenken bringen.

Und noch etwas verspreche ich dir: Sollte es so weit kommen, werde ich dich im Gefängnis besuchen. Ich bin kein Tooktoo. Ich bin kein Saint-Ours. Ich lasse meine Leute nicht im Stich.«

Roméo verließ das Büro des Reservatschefs mit zertrümmertem Herzen, aber in Frieden. Er wusste, dass irgendwo zwischen dem weiten Westen und dem strahlenden Himmel Diane lächelnd zu ihm heruntersah.

X

Onkel Noé, die Bohnenstange mit der Problemblase, schien in seiner Schwitzhütte geschrumpft zu sein. Das ging Saint-Ours durch den Kopf, als der Alte in sein Büro geschlurft kam. Die Zeit war nicht gerade zimperlich mit ihm umgesprungen, sie hatte ihm die Haut auf den Knochen zerknittert, von Kopf bis Fuß. Mittlerweile bewegte er sich mit krummem Rücken und staksigem Schritt.

»Ihr habt aber schicke Klos hier, lieber Neffe«, sagte der alte Noé mit breitem Grinsen. »Als dein Vater noch Chef war, gab es keinen solchen Luxus. Nur ein Plumpsklo zwischen zwei Fichten.«

Der Reservatschef stand auf, um seinen Onkel zu begrüßen, schüttelte ihm kräftig die Hand, umarmte ihn herzlich und forderte ihn auf, an seinem Schreibtisch Platz zu nehmen.

»Na, das ist mal ein Sessel, Jackie-Boy. Ich wette, da haben schon Minister reingepupst. Wenn mein treuer Gierling hier wär, würd er stundenlang an dem Polster rumschnüffeln, garantiert.«

Der Reservatschef musste lachen. Er freute sich immer, seinen Onkel zu sehen, auch wenn der nicht mehr der Jüngste war. Vielleicht erinnerte ihn das an einfachere Zeiten, an seine Kindheit und an die vielen Grimassen, die sein Onkel immer geschnitten hatte, an die vielen Geschichten, mit denen die Bohnenstange damals seine grauen, einsamen Tage aufgeheitert hatte.

»Onkel Noé, ich freue mich wirklich, dass du mich in meinem Büro besuchen kommst. Ich mache gerade eine schwere Zeit durch, und ich brauche deinen Rat. Ich habe deine Weisheit immer zu schätzen gewusst.«

»Oh, Jackie-Boy, da hättest du mich vorwarnen sollen. Ich glaub, die Weisheit ist mir längst ausgegangen.« Er zündete sich eine krumme, krümelige Selbstgedrehte an. »Aber ich hab vielleicht noch ein paar Geschichten auf Lager, die dich zum Lachen bringen.«

»Wie als du beim Rennen der Träger gemogelt hast?«, fragte der Chef und prustete los. »Wenn ich dran denke, wie du vor den Mädels im sexy Indianerdress herumstolziert bist, mit deinem leeren, federleichten Sandsack, und wie Big Chef Tooktoo deine Schnelligkeit gelobt hat, bevor rauskam, dass du das alles nur eingefädelt hast, damit er vor den anderen Nationen und den versammelten Sponsoren sein Gesicht verliert. Ja, das ist eine tolle Geschichte, Onkel Noé!«

Obwohl der Reservatschef sehr begeistert gesprochen hatte, teilte der alte Noé seinen Überschwang nicht. Die Falten auf seinem Gesicht, jetzt durch Zigarettenrauch verdunkelt, verzogen sich nicht zum geringsten Lächeln.

»Glaubst du wirklich, das wäre die Moral von der Geschicht, Jack? Glaubst du etwa, ich hätte das alles nur getan, damit Tooktoo dumm dasteht? Damit er seine Sponsoren verliert?«

»Jedenfalls hat Papa das immer gesagt. Und die Tooktoo haben es auch überall rumerzählt. Das ist doch einer der Gründe, warum diese Hunde uns so sehr hassen!«

Nach mehreren Sekunden Schweigen hakte der Chef nach, weil er eine Antwort haben wollte, auch wenn Jacqueline, die an der Tür lauschte, hätte bezeugen können, dass es unsinnig war, auf eine Antwort zu warten, wenn man gar keine Frage gestellt hatte.

»Warum hast du es dann gemacht? Doch nicht nur wegen der Mädels?

»Natürlich nicht, Jack! Auch wenn ich es durchaus genossen hab, wie mich die Mädels bewunderten, die Mädels im ... wie war das noch gleich?«

»Im sexy Indianerdress, Onkel, im sexy Indianerdress!«

Der alte Noé brach in schallendes Gelächter aus und atmete dabei offenbar aus Versehen zu viel Rauch ein, denn er bekam einen Hustenanfall. Jetzt hustete und lachte er gleichzeitig.

»Genau! Im sexy Indianerdress! Das trifft den Nagel auf den Kopf! Man könnte den Nagel nicht treffender auf den Kopf treffen, mein lieber Neffe. Die Fransen untenrum und die lederverschnürten kleinen Brüste, das waren noch Zeiten, was? Wann haben die Mädels eigentlich die Fransenkostüme gegen Fleecejacken eingetauscht? Wann?«

»Das ist doch jetzt egal, Onkel!«, rief der Reservatschef verärgert. »Ich hab dich gefragt, warum du das getan hast! Warum der Trick mit dem leeren Sandsack? Warum hast du den Powwow mit den sexy Indianerkostümen sabotiert, das große von den Tooktoos organisierte Festival, wenn es dir nicht darum ging, sie dumm dastehen zu lassen?«

»Weil ichs lustig fand, Jack. Das war alles so lächerlich. Die hatten sich eine imaginäre Welt aus Indianerkitsch erschaffen, und ich fand das so unglaublich traurig. Genau das wollte ich ihnen vor Augen führen, mit einer großen Portion Noé-Humor!«

»Also hatte Papa doch recht! Du wolltest die Herrschaft der Tooktoos angreifen!«

»Wer von uns beiden ist hier senil? Die Sache war nicht gegen die Tooktoos gerichtet! Sie war einfach nur lustig, sie sollte Kitchike wieder ins kosmische Gleichgewicht bringen. Damals war hier alles so verknöchert. Ein bisschen wie heute, Jack«, sagte der Alte und drückte seine Zigarette am Schreibtisch aus.

»Heute?«

»Ja, genau! Heute!«

Ein Schauder kroch dem Reservatschef zwischen die Schultern und lief ihm den Rücken runter. Jack Saint-Ours war nicht sicher, ob er weiterbohren sollte. Er fürchtete sich vor der Antwort des alten Narren.

»Und was hast du dir heute für einen Scherz erlaubt, Onkel?«

Der alte Noé bekam wieder einen Lachanfall. Er hielt sich den Bauch und konnte kaum antworten. Rasende Wut stieg in Saint-Ours auf, jetzt war es vorbei mit jeglichem Anschein von Höflichkeit:

»Noé, du inkontinente Bohnenstange! Was hast du angestellt?«

»Ich ... ich ... ich habe eine Reise vorgetäuscht!«, stieß der alte Noé prustend hervor.

»Dir ist hoffentlich klar, dass das deine letzte Reise sein könnte«, drohte der Reservatschef.

»Nein, nicht *meine* Reise«, rief der alte Mann. »*Deine* vorerst letzte Reise. Und danke für den Abschiedsgruß, den du in allen Briefkästen des Reservats hinterlassen hast!« Feixend warf er dem Chef eine Postkarte ins Gesicht.

Von einem Lachen geschüttelt, das fast schon etwas Übersinnliches hatte, ergriff der alte Noé die Flucht, wobei er sich mit beiden Händen den Bauch hielt und eine Spur aus Urintropfen hinter sich herzog. Jack Saint-Ours war nicht zum Lachen zumute. Er hob auf, was der verrückte Alte ihm ins Gesicht geschleudert hatte, und stellte mit Entsetzen fest, dass es sich tatsächlich um eine Postkarte handelte. Auf die Hochglanzseite war eines der Fotos gedruckt, die er heute Morgen in der Dienstpost gefunden hatte. Das Geschäftsessen auf der Ranch. Er, der Bankier, der Investor, der Anwalt und der andere. Der andere, dessen Namen man nicht aussprechen durfte. Auf der Rückseite standen ein paar Zeilen, darunter eine recht gelungene Imitation seiner Unterschrift:

Liebes Kitchike!

Hier ein kleines Andenken von meiner Reise nach Poste-au-Chien-Blanc. Meine Geschäftspartner und ich wünschen uns viele Profite auf Eure Kosten. Es ist mir immer ein Vergnügen, mich am Gemeinwohl zu bereichern. Bleibt weiter brav und anständig!

Euer Chef,
Jack Saint-Ours
Kitchike GmbH & Co. KG
(Alle Rechte vorbehalten)

XI

»Der Mann mit den drei bis fünf Vornamen« zog den Kopf ein, als er das Büro betrat, und hob die Flosse zu einem großspurigen Gruß, aber sein aufgesetztes schelmisches Grinsen konnte die Nervosität nicht kaschieren. Schließlich lädt einen der Reservatschef nicht alle Tage in sein Büro. Ehrlich gesagt konnte sich Jean-Paul Paul Jean-Pierre nicht daran erinnern, jemals von irgendwem irgendwo hinbestellt worden zu sein, außer vielleicht von Monsieur Zahns Sprechstundenhilfe. Und vom Anwalt seiner Ex. Ah! Was war er naiv! Jetzt wurde ihm alles klar. Das war nur ein Trick gewesen, um ihn abzulenken, während der Zahnarzt sich hinter seinem Rücken mit seiner Frau vergnügte. Vielleicht versuchte Monsieur Zahn es wieder mit diesem alten Trick und wollte sich an seine Freundin ranmachen? Jean-Paul Paul Jean-Pierre lächelte. Man konnte ihn nicht mehr reinlegen, weil er keine Freundin mehr hatte. Trotzdem konnte es nicht schaden, dem Reservatschef klarzumachen, dass er seine Absichten durchschaut hatte.

»Ich bin nicht mehr mit Julie-Frédérique zusammen«, verkündete Jean-Paul Paul Jean-Pierre mit einem Stirnrunzeln. »Ihr kleines Spiel können Sie also vergessen. Ihr Freund aus der Stadt nebenan hat mich schon ausgetrickst.«

»Du weißt über Monsieur Klasse Bescheid?«, fragte der Reservatschef überrascht.

Monsieur Klasse? Klar, er hätte es sich denken müssen, dachte Jean-Paul Paul Jean-Pierre. Seine weißen Nachbarn, oder anders gesagt, die Bewohner der Stadt nebenan, steckten alle unter einer Decke, wenn es darum ging, den eingeborenen autochthonen indigenen nordamerikanischen Indianern und Angehörigen der Ersten Nation von Kitchike die Freundin auszuspannen. Wobei, er hatte immer gedacht, sein ehemaliger Lehrer wäre nicht der Typ Mann, der sich an solch unlauteren Machenschaften beteiligte.

»Also?«, herrschte ihn der Chef an.

»Das überrascht mich«, antwortete Jean-Paul Paul Jean-Pierre schließlich. »Ich habe immer gedacht, mein ehemaliger Lehrer wäre nicht der Typ Mann, der sich an solch unlauteren Machenschaften beteiligt«, wiederholte er laut.

»Das geht mir genauso. Mir will das auch nicht in den Kopf. Wie kann man das Vertrauen unserer Leute hier in Kitchike nur so missbrauchen?«

»Ihnen ist dasselbe passiert?«, fragte Jean-Paul Paul Jean-Pierre verblüfft.

Er hatte nicht gewusst, dass der Reservatschef eine Freundin hatte. Seine Frau hatte ihn schon vor vielen Jahren verlassen, vor mehr Jahren, als Jean-Paul Paul Jean-Pierre an den Fingern abzählen konnte, das heißt vor mindestens neun, denn er hatte seinen rechten kleinen Finger bei einem Arbeitsunfall verloren, früher, als er noch sein Handwerk ausübte. Seitdem hatte er Saint-Ours nicht mehr mit einer Frau gesehen, aber da der Chef oft außerhalb des Reservats unterwegs war, konnte er natürlich irgendwo eine Frau kennengelernt und mit ihr, ohne dass es jemand mitgekriegt hatte, ein Verhältnis angefangen haben. Jetzt wurde ihm alles klar.

»Wo ist es denn passiert?«, fragte Jean-Paul Paul Jean-Pierre neugierig.

»Auf der Ranch natürlich. Ich habe es wirklich nicht kommen sehen«, sagte der Reservatschef leicht deprimiert.

Jean-Paul Paul Jean-Pierre wusste nicht, was er darauf erwidern oder wie er den Chef trösten sollte. Er suchte nach einer Antwort, und seine Gedanken drehten sich wie üblich im Kreis und verliefen dann im Sand. Im Sand, am Strand, am Meer. Neulich war er im Zoo gewesen und hatte sich die Meeresfische angeschaut, sie hatten so glücklich gewirkt, wie sie da im Wasser hin und her flitzten. Vor allem die Seepferdchen. Wobei er nicht genau wusste, ob Seepferdchen überhaupt zu den Fischen zählten oder auch am Strand, im Sand glücklich waren?

»Gibt es auf der Ranch eigentlich Seepferdchen?«, fragte Jean-Paul Paul Jean-Pierre. »Ich mag exotische Fische gern.«

Der Reservatschef runzelte die Stirn. Er fragte sich, worauf sein Gesprächspartner zum Henker hinauswollte. Aber das war jetzt auch nicht weiter wichtig, denn er hatte ihn nicht deswegen ins Büro bestellt.

»Nein«, antwortete der Chef, »aber wenn du dich für exotische Fische interessierst, kenne ich einen Ort, wo du welche beobachten kannst.«

Jean-Paul Paul Jean-Pierres Augen begannen zu leuchten.

»Wirklich?«, fragte er mit einem großen Lächeln. »In der Stadt nebenan?«

»Nein«, sagte der Chef. »In Florida. Bei allem, was grad los ist, muss ich hier dringend mal raus.«

»Das verstehe ich, Chef. Bei der Invasion der schwarzen Löcher und den anderen biblischen Plagen, unter denen Kitchike leidet, kann es Ihnen wirklich niemand verübeln, wenn Sie sich mal einen kleinen Urlaub gönnen.«

»Sag mal, Jean-Paul, hast du eigentlich noch den alten Mazda? Ich bräuchte nämlich einen Fahrer.«

Jean-Paul Paul Jean-Pierre traute seinen Ohren nicht, also bat er seine Augen, das Gehörte zu bestätigen: Jack Saint-Ours, der Reservatschef von Kitchike, fragte ihn, ob er mit ihm Urlaub in Florida machen wollte! Er hätte nie gedacht, dass er im Leben einmal so viel Glück haben würde. Er stellte sich vor, wie er mit dem Reservatschef in einem schicken Restaurant im Süden saß, Seepferdchen aß oder irgendein anderes teures essbares Meerestier. Und vielleicht würde er sogar zusammen mit dem Chef seinen eingeborenen autochthonen indigenen nordamerikanisch-indianischen Mitbürgern und Angehörigen der Ersten Nation von Kitchike eine Postkarte schreiben. Endlich lief es einmal gut für ihn, eine solche Gelegenheit durfte er sich nicht entgehen lassen.

»Ich bin Ihr Mann!«, rief Jean-Paul Paul Jean-Pierre und sprang auf die Füße.

Jack Saint-Ours bedachte ihn mit einem zufriedenen Grinsen und sagte:

»Park dein Auto hinter dem Gebäude. Und dann komm mir mit dem Gepäck helfen. Wir fahren sofort los!«

XII

Pierre Wabush ging nicht ans Telefon, machte die Tür nicht auf, antwortete nicht auf SMS, nicht auf E-Mails und reagierte nicht mal auf eine vermaledeite Facebook-Nachricht. Jacqueline bat ein paar von Saint-Ours' Männern, sich im Dorf nach ihm umzusehen, und unterdrückte den Impuls, Plakate mit der Aufschrift »WANTED – DEAD OR ALIVE!« an allen Straßenlaternen des Reservats aufzuhängen.

Jakob zufolge hatte sich Wabush in den Wald verzogen und würde in den nächsten Tagen nicht wieder auftauchen. Das würde dem Chef nicht gefallen, er wollte ihn noch heute sehen. Nach längerem Zögern beschloss Jacqueline, seinen Namen kurzerhand von der Liste zu streichen. Was für ein dummer Zufall, dass Pierre ausgerechnet heute plötzlich verschwunden war. Sie hoffte nur, das würde ihr nicht auf die Füße fallen.

XIII

Jacqueline Cœur-Brisé wunderte sich, dass sie selbst auf der Liste der Personen stand, die der Reservatschef zu sehen wünschte, und dass ihr Name nicht wie sonst, wenn Saint-Ours sie in sein Büro rief, in einzelne Silben zerhackt war.

Als sie zur angegebenen Uhrzeit das Büro ihres Chefs betrat, stellte sie fest: Er war verschwunden. Auf seinem Schreibtisch fand sie vier Kartons mit Papieren und einen handgeschriebenen Zettel:

Lass alles verschwinden.
Wirklich alles.
Auch diesen Zettel.

Jacqueline fragte sich, ob das auch für die Bündel Zwanzig-Dollar-Scheine galt, die auf einem der Kartons lagen, und um zu verhindern, dass man ihr später Vorwürfe machte, weil sie eine Anweisung falsch verstanden hatte, schob sie sie in ihren BH und schredderte die restlichen Papiere im Aktenvernichter.

Und alles, wirklich alles, verschwand.

Epilog(e)

Fünf vor zwölf im Wald von Kitchike. Der Mond ist spät aufgegangen, aber jetzt prangt er mitten am Himmel, und ich find nicht die kleinste dunkle Ecke, um mich zu verstecken. Vor wem, vor was? Vielleicht am Ende nur vor mir selber. Pierre Wabush, du Trottel, wärst du doch einfach zurück nach Hause und ins Bett.

Passiert ist passiert, und was haben die wirklich gegen dich in der Hand?

Nicht viel.

Ich sollte froh und glücklich sein, aber ehrlich gesagt, ich bins nicht wirklich. Ich hatte nicht erwartet, dass der alte Noé dermaßen ausrasten würde. An Fantasie fehlt es dem alten Narren ja nicht. Hätt ich gewusst, was fürn guter Taschendieb der ist, hätt ich besser aufgepasst.

Scheiß der Hund drauf. Passiert ist passiert, oder?

So oder so ist die Sache jetzt geregelt. Schluss mit Saint-Ours, Schluss mit dem Fürsten von Kanadas Gnaden, Schluss mit der kranken Arroganz, und das Amt geht auch nicht mehr an den Meistbietenden ... Frieden, Anstand und Gerechtigkeit können endlich wieder im fruchtbaren Boden von Kitchike gedeihen!

Pff! Wers glaubt, wird selig. Ich jedenfalls nicht. Nee, ich weiß genau, was mich erwartet. Alle Medien werden sich über die Betrügereien des Reservatsrats von Kitchike das Maul zerreißen, in der öffentlichen Meinung werden wir alle als Gangster dastehen, und wem werden die Leute die Schuld geben? Saint-Ours? Yaskawish? Der Mafia? Den Anwälten, die die Abzocke der korrupten Säcke finanzieren? Nein, Schuld hat der Arsch, der das eiserne Schweigen durchbrochen hat. Die Tratschtante, der Outlaw, der es gewagt hat, alles am helllichten Tag hochgehen zu lassen. Pierre Wabush. *The one and only*. Nicht die Bohnenstange, die die Postkarten verschickt hat.

Es gäbe schon etliche, die dem alten Noé das gern anhängen wollen, um ihre eigene Haut zu retten, aber ich bin keiner dieser Etlichen. Ich hab nicht vor, der alten Generation in die Schuhe zu schieben, was ich getan habe. Erst recht nicht, wo ich mit gutem Recht gegen die Regeln verstoßen habe.

Andere meinen vielleicht, man wäre mir Dank schuldig, aber wenn ich jetzt den roten Teppich erwarten würde, wäre ich komplett bescheuert. Nee, jetzt werden alle doppelt aufpassen. Nicht nur die Saint-Ours. Alle. Die nächste Zeit wird sich keiner mehr trauen, mit mir zu reden. Das kann dauern. Ich bin jetzt radioaktiv, sozial verseucht.

Eins ist nach dieser Episode auch klar, von der Verwaltung krieg ich keinen Job mehr, vergiss es. Auch ohne Saint-Ours bleibt Kitchike, wie es ist. Kein Platz für Outlaws hier. Wenn du nicht den Kopf senkst und das Maul hältst, kannst du dich am besten gleich verpissen. Einen Plan C gibt es da nicht, es sei denn, du bist alt und dement. Aber ich geh nicht ins Exil. Ich bleib hier und erinnere die ganzen Abzocker und korrupten Vizekönige des Reservats daran, dass einer aufpasst. Ich geb jetzt den Batman für Arme, den selbsterklärten Robin Hood, Rächer der Enterbten, den verdammten Narren aus den Mythen, den Trickster. Wenns sein muss, tätowier ich mir *Fuck you Big Chef* auf die Stirn und stolzier damit durch die Straßen von Kitchike, bis ich senil und inkontinent bin. Der alte Noé wird auch nicht ewig leben. Da brauchts Nachwuchs.

Während mir der Hunger langsam, aber sicher das schmächtige Gedärm zernagt, reißt mich das Wunder, auf das ich gehofft hätte, wenn ich noch an irgendwas glauben würde, aus meinem Selbstzerfleischungs-Delirium. Auf der anderen Seite des Flusses, über den Baumwipfeln, schweben Lichter zum Firmament empor. Zwei Kometen tanzen umeinander, erklimmen die Himmelsleiter und werden ganz oben von einem zahnlosen Schlund verschluckt.

Wow.

Vielleicht bin ich der Demenz schon näher als gedacht. Vielleicht ist das ein Zeichen. Aber da ich keine Legende mitgeliefert kriege, leg ich mich jetzt einfach unter einem Baum ab und hoffe, dass ich von ein bisschen Zärtlichkeit träumen kann. Vielleicht sogar davon, meinen Pick-up in der Garage der kleinen Yaskawish zu parken. Die hat vielleicht kein Lenkrad, aber ihr brauch ich wenigstens nichts zu erklären.

*

Fünf vor zwölf in der Old Town, live aus *Chez Alphonse Gaz Bar*.

Ein stinknormaler Aprildonnerstag, nur etwas trauriger als sonst.

Selbst die brennende Sonne schafft es nicht, Kitchike ein Lächeln zu entlocken. Sie verlängert nur die Schatten und hüllt unser schlechtes Gewissen in Dunkelheit. Klar, wir sind schlechte Nachrichten gewohnt. So sehr, dass wir eine eigene Nachrichtensendung haben könnten. Aber wie Stéphanie immer sagt, unser Problem sind nicht so sehr die Schicksalsschläge. Sondern die Hoffnungslosigkeit, der Mangel an Alternativen und die Unfähigkeit, an eine bessere Zukunft zu glauben.

Elizabeth sagt, daran ist der Kolonialismus schuld. Und unsere »Kleptokratie«.

Keine Ahnung, was das ist. Ich hab kein Abitur.

Aber eins weiß ich: Die Machenschaften von Jack Saint-Ours stinken zum Himmel. So weit getrieben hats noch keiner. Und deshalb haben jetzt alle ein schlechtes Gewissen und tragen eine Art kollektive Scham mit sich rum, deren Gewicht wir auf alle Schultern verteilen müssen. Tja, wäre echt besser, wir könnten die Macht auch auf viele Schultern verteilen.

Der Klan Saint-Ours hat sein Oberhaupt verloren. Und wenn die Katze aus dem Haus ist, tanzen die Mäuse auf dem Tisch. Seine Gefolgsleute konnten sich nicht auf einen Nachfolger einigen. Also haben wir jetzt keinen Reservatschef mehr, nicht mal eine Übergangslösung. Das Ministerium musste Neuwahlen ausrufen. Und der Tooktoo-Klan wittert Morgenluft, bei denen war die ganze Woche Party. Die haben den Sieg gefeiert, noch bevor der Wahlkampf angefangen hat. Max freut sich: Je mehr Party, desto mehr Bier. Ich bin nicht so begeistert. Im Wahlkampf kreuzen alle Kandidaten bei uns in der Tanke auf, um einen auf dicke Hose zu machen und ihren potenziellen Wählern den üblichen Mist zu erzählen, dabei haben die Leute viel zu viel Angst und verraten keinem, wo sie am Wahltag ihr Kreuz machen. Hätte ich die Schule beendet, könnt ich mir den Zirkus sparen und mich für eine Weile in die Stadt absetzen. Aber denkste, ich sitz hier fest.

Wenn du in Kitchike keinen Schulabschluss hast, bleibt dir nur ein Job im Schnellimbiss, in einem der Kunsthandwerkläden oder in der Tanke. So kommst du ganz gut über die Runden. Jedenfalls als Frau. Als Typ hast du andere Möglichkeiten, aber die sind auch nicht gerade beneidenswert. Die Werkstätten hier im Reservat lassen dich frühzeitig altern, körperlich und seelisch. Man braucht sich nur Jean-Paul Paul Jean-Pierre angucken.

Ha! Jean-Paul ist in seinem Pick-up verschwunden, und Pierre Wabush und Saint-Ours sind zur gleichen Zeit weg. Madame Paul hat ne Wette gestartet. Man kann Geld drauf wetten, wer von beiden für Jacks Sturz verantwortlich ist. Die meisten Kolleginnen setzen auf Wabush, klar. Ich hoffe nur, ihm ist nix passiert. Ich mag Pierre wirklich gern. Unter anderen Umständen hätten wir ne Weile zusammen durchs Leben gehen können. Mehr als nur ein paar Nächte miteinander verbringen. Zum letzten Mal hab ich ihn bei Teandrishru's Konzert gesehen. Er sah glücklich aus, schien sich für seinen alten Freund zu freuen. Teandishru' ist nicht lang geblieben. Er ist gleich nach dem letzten Auftritt abgehauen, mit seiner neuen Flamme, wie im Märchen. Ich frag mich, ob er die Neuigkeiten überhaupt schon gehört hat. So was ist schwer zu verdauen, selbst für einen Lokalmatador. Auf seiner Tournee werden die Leute ihn bestimmt dauernd damit nerven.

Ich würd hier auch gern mal rauskommen. Studieren, weit weg von Kitchike, mir den Kopf mit abstraktem Zeug vollstopfen lassen, das kein normaler Mensch kapiert. Wenn Waso groß genug ist, mach ich das sicher. Den ganzen Tag mit Lesen und Schreiben verbringen, das wärs.

Vielleicht sollte ich erst mal damit anfangen, Tagebuch zu schreiben. Um die ganzen Stories, die ich im Kopf hab, loszuwerden. Manchmal finde ich meine Welt echt traurig. Wenn ich das alles aufschreibe, wird ja vielleicht sogar ne Art Roman draus ... Wer weiß? Vielleicht kann ich mir den ganzen Scheiß von der Seele schreiben.

Ende

Nachwort aus der Übersetzerwerkstatt

Die Kraft der Namen

Es gibt keine Kolonialgeschichte ohne Rassismus – diese Pauschaldiagnose kennt wohl keine Ausnahme. Der Umgang mit den Menschen, die schon da waren, bevor ein Land »entdeckt« und erobert wurde (in der Gegenwart finden wir das in diversen Weltgegenden auch ohne kriegerische Handlungen), ist schon immer einhergegangen mit ihrer Abwertung, ob nun als »Barbaren« (seit den alten Griechen), »Wilde« oder, bis in die Moderne, als wahlweise beängstigende oder exotische »Fremde«. Auch Kanada, eines der beliebtesten Länder der Welt, macht da keine Ausnahme. Das Land ist riesig; die *Stories aus Kitchike* spielen in Québec, einer der östlichen Provinzen. Dieses Territorium wurde 1603 von Frankreich kolonisiert und später, wie ganz Kanada, von England dominiert. Der imperialistische Atlas überdeckt jedoch eine vollkommen anders aufgebaute, verdrängte Landkarte: eine Vielzahl von Kulturen, Sprachen, Religionen, deren Unterschiede die europäischen Usurpatoren nicht interessierten. Und das beeinflusst den weißen Blick auf die ersten Einwohner·innen bis heute. Nach der oben genannten Pauschaldiagnose heißt es also: Vorsicht, auch mit gut gemeinten Verallgemeinerungen, denn darin steckt die falsche Grundannahme, die ethnische Zugehörigkeit wäre das allesbestimmende Merkmal eines Menschen – also ein Keim zum Rassismus *reloaded*, auch wenn er sich hinter einer positiven Absicht verbirgt.

In diesem Nachwort wird nicht der Anspruch erhoben, die komplexe, jahrhundertelange Geschichte des Kolonialismus in Kanada oder in Québec darzustellen. Einige wenige, beispielhaft herausgegriffene Informationen und historische Fakten können aber als Hintergrund dienen für das Verständnis der Geschichten, die uns Louis-Karl Picard-Sioui aus einem fiktiven Reservat im Süden Québecs erzählt. Und als Hintergrund für die konkreten Übersetzungsaufgaben, die ein solcher Text stellt.

Der Status der »Indianer« wurde erst ab Mitte des 19. Jahrhunderts gesetzlich geregelt, 1850 im Bas-Canada (dem heutigen Québec), 1876 dann in ganz Kanada. Das »Indianergesetz« schrieb eine Vielzahl juristischer Ungleichheiten und Ungerechtigkeiten fest, z.B. die erzwungene Ansiedlung in Reservaten, die Unterscheidung von »Status-Indianern«, die zu anerkannten ethnischen Gruppen gehören und in ein Register eingetragen sind, und »Nicht-Status-Indianern« mit noch weniger Rechten. So wurde der Landraub gesetzlich organisiert und verhindert, dass die »Indianer« ihre Kulturen, Lebensweisen, Religionen und Sprachen bewahren oder gar gleichberechtigt am politischen und gesellschaftlichen Leben teilhaben konnten. Der Kampf um die Verbesserung ihrer Situation wird seit Langem geführt; manche Bestimmungen wurden erst kürzlich, zu Beginn des 21. Jahrhunderts abgeschafft. Die Regierung in Ottawa formulierte 2019 die offizielle Politik neu: Erstens gehe es um größtmögliche Selbstverwaltung der indigenen Gruppen, zweitens um eine Verbesserung der Lebensbedingungen in den Reservaten (z.B. ist bis heute in einigen abgelegenen Reservaten im Norden sauberes Trinkwasser keine Selbstverständlichkeit).

Wo immer europäische Kolonialisten ihre Schiffe hinsteuerten, hatten sie das Christentum und seine Missionare an Bord. Im französisch geprägten Québec war, anders als in den angelsächsisch-protestantisch geprägten Provinzen Kanadas, vor allem die katholische Kirche aktiv. Indigene Kinder wurden systematisch ihren Eltern weggenommen und in katholischen (häufig staatlich finanzierten) Internaten zum Christentum erzogen; im Süden Québecs waren das etwa die Hälfte aller Kinder, im Norden fast alle. Dort bekamen sie christliche Vornamen (gern Doppel-Vornamen, wie in Québec beliebt), zudem war es ihnen unter Androhung harter körperlicher Strafen verboten, ihre Sprachen zu sprechen. Und auch in diesem Teil der Welt wurden die Kinder häufig Opfer erzieherischer und sexueller Gewalt. In Québec wurde das letzte dieser Pensionate 1980 geschlossen.

Dies sind einige der historisch gewachsenen, politischen Rahmenbedingungen, von denen indigenes Leben in Québec bis heute geprägt ist. Der lange eingeübte und ausgeübte Rassismus ist tief in der Gesellschaft verankert und lässt sich nicht so einfach aus der Welt schaffen. Der Kampf der indigenen Gruppen um ihre kulturellen und politischen Identitäten, aber auch um Chancengleichheit, was Bildung, Arbeitsmöglichkeiten und Zugang zu Ressourcen angeht, ist bei Weitem noch nicht beendet.

*

Mit seinen *Stories aus Kitchike* gibt Louis-Karl Picard-Sioui Einblicke in die heutige Lebenswirklichkeit eines beispielhaften Reservats im Süden von Québec, er arbeitet und spielt in dem Buch mit den kulturellen und sprachlichen Gegebenheiten der Gesellschaft, aus der und über die er erzählt, Gegebenheiten, die dort selbstverständlich, für manche in Québec aber – und erst recht für uns in Europa – möglicherweise unverständlich sind, wie etwa die Wörter *papu auass* aus dem Innu Aimun, übersetzt »glückliches Kind«, die der Autor ohne Erklärung im Text stehen lässt. Das war eine Herausforderung für die Übersetzung: Einerseits galt es, zahlreiche Fakten und Hintergründe zu recherchieren, vor allem aber stellte sich die Frage der Begrifflichkeiten, der Benennungen, der Namen.

Nehmen wir als Beispiel die grundsätzlichste Frage: Wie nennen wir im Deutschen die ... sagen wir zunächst hilfsweise: Ureinwohner Kanadas? Dass es nicht so einfach ist, die richtige Bezeichnung zu finden, hat mit einer sprachgeschichtlichen Anekdote zu tun, die aus heutiger Sicht fast unfreiwillig komisch wirkt. Da Kolumbus zunächst glaubte, nach Indien gesegelt zu sein, nannten die Spanier die Ureinwohner, auf die sie in der Karibik stießen, »los indios«. Nachdem der Irrtum erkannt war, wurde die Bezeichnung allerdings nicht geändert, man wich für die Bevölkerung Indiens im Spanischen auf »hindús« aus (als ob alle Inder Hindus wären). Als nichtkolonialistische Selbstbezeichnung kam im 20. Jahrhundert in Lateinamerika »indígenas« auf (kurz für »pueblos indígenas«, wörtlich »eingeborene Völker«).

Im Englischen wurde der spanische Begriff als »Indians« übernommen und dann spezifiziert: Die Ureinwohner Nordamerikas wurden, rassistisch nach Hautfarbe, als »Red Indians« bezeichnet, die Inseln der Karibik hießen »West Indies«.

Im Französischen wurde die Unterscheidung zwischen den amerikanischen »indiens« und denen des Subkontinents lange dem Kontext überlassen. 1930 kam der Begriff »amérindien« für nordamerikanische »Indianer« auf (als Übersetzung des englischen Ethnologenbegriffs »Amerindian«, der im Englischen allerdings nie in den Sprachgebrauch übernommen wurde).

Mangels eigener Kolonien in den Amerikas war der deutsche Blick von Anfang an ein Blick von außen; deshalb gab es die sprachliche Verwechslung mit »Indern« gar nicht erst. Es war eher umgekehrt: Anfangs gab es zwei Adjektive zu »Indien«, »indisch« und ... »indianisch«. Etwa ab 1600 wurde »Indianer« für die nordamerikanischen »Ureinwohner« verwendet, deutlich später wurde »Indio(s)« für die mittel- und südamerikanischen »Ureinwohner« als Fremdwort aus dem Spanischen übernommen. Der Außenblick sorgte auch für gefühlte Unschuld in sprachlicher Hinsicht: »Indianer« wurde und wird teilweise bis heute als wertneutral empfunden (vgl. dazu den im Sommer 2020 aktuellen Wikipedia-Artikel). Spätestens seit Karl May gibt es im deutschsprachigen Raum eher positive, folkloristisch-exotisierende Klischees über die nordamerikanischen »Ureinwohner«.

Wie aber übersetzen wir den »Blick von innen«? Bei so einer Frage lohnt es sich immer herauszufinden, was die betroffenen Menschen selbst dazu meinen, und ihnen so die Definitionsmacht über ihre Benennung zurückzugeben. Im Québec der Gegenwart sind zwei Begriffe in Gebrauch, mit denen sich die indigenen Gruppen selbst bezeichnen, und »indigène« gehört nicht dazu, weil es zu biologistisch klingt: »autochthone« (wörtlich »Ureinwohner«, das griechische Fremdwort gibt es auch im Deutschen, »autochthon«) und »Premières Nations« (analog zum englischen Ausdruck »First Nations«), was sowohl das »Zuerst-dagewesen-Sein« benennt als auch durch den Plural das Eigenständige jeder einzelnen indigenen Gruppe. A propos »zuerst« – es gibt noch das besonders absurde Bonbon, dass in den 1960er Jahren die »Indianerfragen« dem Ministerium für *Einwanderung* zugeordnet waren; »Fremde« eben ...

Was stünde im Deutschen zur Verfügung? »Ureinwohner« hört sich präzivilisatorisch an, »autochthon« sperrig wissenschaftlich, »Volk« ist nazi-verbrannt, »Stamm« klingt, ähnlich wie »Naturvolk«, nach einem Zusammenleben ohne ›echte‹ politische Organisation und hat einen biologistischen Beigeschmack. »Indigen« dagegen wirkt im Deutschen weniger biologistisch, vielleicht auch, weil es seit der politischen Solidaritätsarbeit für Mittelamerika in den 1980er Jahren progressiv eingefärbt ist (vgl. »indígenas«), jedenfalls wirkt es unverdächtig, deshalb verwenden wir im Buch »indigen«, als Adjektiv.

Außerhalb des Romans ließe sich anstelle von »Stämmen« »indigene Gruppen« sagen, in größeren Zusammenhängen auch »ethnische Gruppen« – je nachdem, was wo besser passt. Für literarische Texte eignen sich solche eher wissenschaftlichen Begriffe allerdings nur sehr begrenzt.

Und »Nation«? Das ist im Deutschen natürlich besonders heikel. Dabei hat der kulturelle und historische Stolz der (Selbst-)Bezeichnung als »Premières Nations« nichts mit Nationalismus nach unserem Verständnis zu tun, auch der Québecer Nationalismus (mit anderen Worten, der Separatismus) steht politisch oft links, nicht wie in Europa eher rechts. Die Entscheidung der indigenen Gruppen, sich als »Premières Nations« zu bezeichnen, ist ein Politikum, das respektiert werden muss. In Deutschland ist der Begriff »First Nations« ein bisschen schneller angekommen (weil aus dem Englischen schneller importiert wird). Uns scheint es aber aufgrund der zum Teil brisanten Gemengelage zwischen den beiden kanadischen Nationalsprachen bzw. ihren Sprecher·innen problematisch, einen ursprünglich französischsprachigen Begriff im Deutschen mit einer englischsprachigen Vokabel zu übersetzen. Zudem ist in der ethnologischen Sekundärliteratur insbesondere in Bezug auf Kanada bereits der Terminus »Erste Nationen« ins Deutsche eingeführt. Eine Setzung war dieser Ausdruck ja schon im Englischen und Französischen, warum also nicht auch im Deutschen? Wiederum: wo es passt ...

Nun haben wir es bei Louis-Karl Picard-Sioui mit einem Autor zu tun, der so grimmig-sarkastisch, wie er auf alles schaut, auch den Wirrwarr der Namen aufs Korn nimmt. Dahinter steht das Dilemma – das Paradox, die Dialektik? –, dass die Indigenen einerseits einen eigenen Sammelbegriff brauchen (wegen der gemeinsamen Unterdrückungserfahrung und des gemeinsamen politischen Kampfes), andererseits aber auch Wert darauf legen, dass die Diversität der Sprachen, Kulturen und Religionen der vielen verschiedenen indigenen Gruppen wahrgenommen wird, dass sie nicht als »Ureinwohner« über einen Kamm geschoren werden.

Das Kapitel »Jean-Paul Paul Jean-Pierre« bearbeitet all das literarisch und humorvoll. Mit dem Fünffach-Vornamen dieser Figur, der den katholischen Namens-Inflationismus auf die Schippe nimmt, fängt es an. Die folgende Passage bringt die Komplexität (und die übersetzerische Herausforderung) der ganzen Angelegenheit besonders deutlich zum Ausdruck:

> Jean-Paul Paul Jean-Pierre n'avait jamais étudié. Les instructions des profs, les chiffres et les lettres des cahiers, la « matière immatérielle », comme il disait, de tout ça, dans son esprit, rien n'avait collé. Et il se plaisait à croire – il en était convaincu – que ces « intellectuelleries » n'étaient pas pour ceux de sa race.
> Jean-Paul Paul Jean-Pierre était un Indien. Un Indien on ne peut plus indien, hors de l'Inde. Mais il n'était pas membre de la diaspora du sous-continent. Il n'était pas ce genre d'Indien. Jean-Paul Paul Jean-Pierre était

> un Indien d'Amérique. Un Amérindien aborigène autochtone indigène, membre des Premières Nations d'Amérique du Nord de la Grande Tortue. Un natif de Kitchike. Il en était originaire, y demeurait et, comme ses parents avant lui, s'y était marié, y avait divorcé puis s'y était acoquiné avec la copine du voisin. Contrairement aux parents de Jean-Paul Paul Jean-Pierre, la copine du voisin n'était pas de Kitchike. Bien entendu, elle était elle aussi une Amérindienne aborigène autochtone indigène, membre des Premières Nations d'Amérique du Nord de la Grande Tortue, mais elle était Algonquine, Anishnaabe.

Im ersten Absatz tritt eine Figur auf, die die Vorurteile des Kolonialismus internalisiert hat – passend zur Absicht des Autors, die ganze Bandbreite typischer Reservatsbewohner·innen im Süden von Québec abzubilden –, das Vorurteil nämlich, die Angehörigen seiner ... wörtlich: »Rasse« ... seien für höhere Bildung nicht geeignet.

Starker Tobak. Wobei im Quebecfranzösischen »ceux de sa race« auch einfach heißen könnte: »Leute wie er«, je nach Kontext auch »die von seiner Sorte«. Der Ausdruck schlägt also nicht ausschließlich auf den rassistischen Gong, er ist etwas lässiger. Zudem ist »race« im Sinne von »Rasse« in der Wirkung und der politischen Begriffsgeschichte nicht mit dem deutschen Wort »Rasse« gleichzusetzen, die Vokabel kann, wie im Diskurs der »négritude« und »créolité«, auch ins Positive, Selbstbewusste gewendet vorkommen. Und natürlich weiß der Autor genau, womit er hier spielt.

Und dann kommt's: Jean-Paul Paul Jean-Pierre, sagt die Erzählstimme, sei ein Indianer, wie er indianischer nicht sein könnte, außerhalb von ... Indien. Tja, Pech. Dieses Wortspiel funktioniert natürlich nur, wenn »Inder« und »Indianer« mit demselben Wort bezeichnet werden (»indien« eben); nur dann kann man präzisieren: Er ist ein »indien d'Amérique«, ein »Inder/Indianer aus Amerika«.

Was im Deutschen, wie gerade gesehen, nicht 1:1 funktioniert. Im Weiteren folgt ein ganzer Rattenschwanz an Bezeichnungen, und der Satz endet mit der Kulturtatsache, dass Nordamerika – im indigenen Schöpfungsmythos also die ganze Welt – auf der »Großen Schildkröte« ruht, die die Erde in grauer Vorzeit aus dem Meer gehoben hat. Nach einer kurzen Überleitung geht es um Jean-Pauls derzeitige Freundin, die natürlich all das, was ihm gerade zugeschrieben wurde, auch ist (Wiederholung des Rattenschwanzes), aber anders als er nicht aus Kitchike stammt, sondern eine Algonquin ist (so lautet die koloniale Fremdbezeichnung für diese indigene Gruppe), genauer gesagt, eine Anishnaabe (so lautet die Eigenbezeichnung). Hier bekommen wir einen Eindruck davon, dass »Indianer« nicht gleich »Indianer« ist. Genauso, wie für uns ja klar ist, dass eine Finnin nicht dasselbe ist wie eine Schweizerin, und dass eine Schweizerin ziemlich bald dazusagen würde, aus welcher der drei Sprachgegenden der Schweiz sie stammt. (Aus der Ferne gesehen, vielleicht aus Japan oder auch aus dem Norden Québecs, sind das natürlich alles weiße Europäer, alles »eine Sorte« ...)

Die Herausforderungen an den deutschen Text sind also klar, gerade die für eine Leserschaft ohne großes Vorwissen. In unserer Übersetzung verlassen wir uns auf die semantischen und die spielerischen Möglichkeiten des Deutschen, da unser Text ja im Deutschen funktionieren muss, manchmal muten wir den Leser·innen aber auch etwas möglicherweise Unbekanntes zu, was sich im Übrigen schnell per Suchmaschine finden lässt:

> Jean-Paul Paul Jean-Pierre war nicht besonders gebildet. Vom Schulunterricht, den Zahlen und Buchstaben in den Büchern, dem ganzen »Stoff ohne Stoff«, wie er es nannte, war nichts in seinem Kopf hängen geblieben. Er erklärte sich das gern so, dass diese »Intellektuellereien« – davon war er überzeugt – nichts für Indianer waren.

Jean-Paul Paul Jean-Pierre war nämlich ein Indianer. Das Wort hatten die Weißen sich ausgedacht, als sie kapierten, dass Kolumbus nicht in Indien gelandet war, dass die Ureinwohner also keine Inder waren. Jean-Paul Paul Jean-Pierre war ein Indianer aus Nordamerika. Ein eingeborener autochthoner indigener nordamerikanischer Indianer, Angehöriger der Ersten Nationen der nordamerikanischen Großen Schildkröte. Gebürtig aus Kitchike. Er stammte von hier, wohnte hier und hatte hier geheiratet wie seine Eltern, sich dann scheiden lassen und was mit der Freundin des Nachbarn angefangen.
Anders als Jean-Paul Paul Jean-Pierres Eltern war die Freundin des Nachbarn nicht aus Kitchike. Natürlich war auch sie eine eingeborene autochthone indigene nordamerikanische Indianerin, Angehörige der Ersten Nationen der nordamerikanischen Großen Schildkröte, aber sie war eine Algonquin, besser gesagt, eine Anishnaabe.

*

Wenn wir uns für die Welten der nordamerikanischen »Ureinwohner« *heute* interessieren, gibt es viel kennenzulernen, anders gesagt: viel zu lernen. Das ist, wie dieses Buch zeigt, spannend, es kann uns empören, zum Lachen bringen und bewegen. Auch im Sinne von »in Bewegung bringen«. Denn die postkolonialen Mehrheitsgesellschaften müssen ihre oft unreflektierte rassistische Annahme der ›weißen Überlegenheit‹ erst einmal überwinden. Fühlt es sich beim Lesen komisch an, dass die indigenen Figuren in diesem Roman, die sich gegen rassistische Diskriminierung wehren, ihre Québecer Nachbar·innen »von der anderen Straßenseite« durchweg als »Weiße« bezeichnen, auch mal als »Weißbrot« und drastischer? Gut so! Warum sollen die Opfer von jahrhundertelangem Rassismus nicht mal den Spieß umdrehen, solange der Rest-Rassismus der Mehrheit ebenso pauschal zwischen »weiß« und »anders« unterscheidet? Und was sollten sie auch sonst sagen? Québecerinnen und Kanadier sind sie schließlich selbst genauso ...

Nein, es wird Zeit, dass wir, die wir es gewohnt sind, in der Komfortzone der machthabenden Mehrheit zu leben, uns endlich auch bewegen, zuallererst im Kopf und im Herzen. Und das beginnt am besten mit Zuhören: Wie wollen diejenigen, die seit vielen Generationen von den Weißen (ja, von uns Weißen) unterdrückt und diskriminiert werden, genannt werden, und wie sehen sie sich selbst? Es fängt damit an, dass wir verstehen müssen: »diejenigen« gibt es so nicht. Warum sollte Louis-Karl Picard-Sioui (oder irgendwer sonst?) für alle Menschen seiner ethnischen Gruppe sprechen? Er erzählt aus der Welt der Reservate im Süden Québecs, die uns nach der Lektüre der vorliegenden *Stories aus Kitchike*, des ersten Teils einer gleichnamigen Trilogie, gar nicht mehr so fremd vorkommt.

Frank Heibert und Sonja Finck, Juni 2020

secession